FERNANDA POMPEU

ESCRIBA ERRANTE

© Fernanda Pompeu, 2023
Todos os direitos desta edição reservados à Editora Labrador.

Coordenação editorial Pamela Oliveira
Assistência editorial Leticia Oliveira, Jaqueline Corrêa
Projeto gráfico e capa Amanda Chagas
Diagramação Estúdio dS
Revisão Carminha Fernandes, Mariana Cardoso

Dados Internacionais de Catalogação na Publicação (CIP)
Jéssica de Oliveira Molinari - CRB-8/9852

Pompeu, Fernanda

Escriba errante / Fernanda Pompeu.
São Paulo : Labrador, 2023.
176 p.

ISBN 978-65-5625-481-4

1. Ficção brasileira I. Título

23-6160   CDD B869.3

Índice para catálogo sistemático:
1. Ficção brasileira

Labrador

Diretor-geral Daniel Pinsky
Rua Dr. José Elias, 520, sala 1
Alto da Lapa | 05083-030 | São Paulo | SP
contato@editoralabrador.com.br | (11) 3641-7446
editoralabrador.com.br

A reprodução de qualquer parte desta obra é ilegal e configura uma apropriação indevida dos direitos intelectuais e patrimoniais da autora. A editora não é responsável pelo conteúdo deste livro. A autora conhece os fatos narrados, pelos quais é responsável, assim como se responsabiliza pelos juízos emitidos.

Para todos os meus.
E, oxalá, para os outros também.

*"Belo porque é uma porta
abrindo-se em mais saídas.
Belo como a última onda
que o fim do mar sempre adia.
É tão belo como as ondas
em sua adição infinita.
(...)
Belo como o caderno novo
quando a gente o principia."*

João Cabral de Melo Neto

Sumário

60 anos antes —————————————— 7
aurora ————————————————— 8
machado na árvore ————————— 20
praia ————————————————— 31
mal-entendidos ——————————— 42
aceleração ————————————— 52
escandalosa juventude ——————— 61
água fria —————————————— 73
viva a república ——————————— 86
as mulheres são um barato ————— 99
que tal um romance ———————— 110
vai trabalhar, vagabunda —————— 122
pena de aluguel ——————————— 136
mudou o mundo ——————————— 150
orfandade —————————————— 162

60 anos antes

No meio do caminho para a escola, tinha uma casinha sempre com a janela aberta. Não era a casinha, não era a janela que grudavam na minha curiosidade. Era o homem. Um homem velho. Mas também não era ele que me atraía. O que me arrebatava era o que aquele sujeito fazia. Meus olhos não tinham altura para enxergar a bancada em que ele trabalhava. Eu só via quando ele erguia as mãos para, junto da luz, observar o objeto recém-fabricado. Era um lápis. O velho fazia lápis. Indo para a escola, sempre me detinha em frente à janela da casinha. Devo ser um caso patológico de uma escriba que primeiro se apaixonou pela ferramenta para só depois amar sua finalidade.

aurora

De vez em quando meu pai lia histórias para mim. Lembro bem do *Aladim e a Lâmpada Mágica*. Era um momento de prazer doce. Não a história em si; apesar de muito criança, eu não acreditava que tal lâmpada existisse realmente. Eram as letras, sim, as letras, que me fascinavam. Eu ainda não sabia juntá-las, mas papai dizia que em breve eu iria para a escola e aprenderia. Daí meu olhar saía do livrinho do Aladim e percorria a estante, ao lado, com volumes bem grossos. Então eu era tomada por uma volúpia: uma hora vou ler todas essas letras de todos esses livros.

Sou lésbica desde o primário. Descobri a emoção antes de compreender o significado da palavra. Percebi ao me encantar com as mãos da professora desenhando no quadro-negro a letra H. Foi uma paixão dupla: por aquelas mãos e pela letra muda. Uma letra muda – que assombro! Gostar das mãos da professora com sensualidade era um sentimento que, aos seis anos, eu já percebia inadequado. Mas também adorável. Para gerenciar a atração pela professora não tinha cartilha. Já para a alfabetização havia um caminho suave.

Caminho suave, da Branca Alves de Lima, trazia a palavra com uma imagem correspondente. Por exemplo, a palavra "sapo" e a ilustração inequívoca de um sapo. Eu me liguei na palavra "garrafa", com seus dois erres. Achei a grafia sofisticada. E a frase de exemplo, "Bebê agarrou a garrafa", não me convenceu. Qual mãe deixaria um bebê agarrar uma garrafa? É certo que eu não tinha verbos, ainda, para pensar: bebê não agarra, segura. Não é garrafa, é mamadeira.

Uma série depois, já alfabetizada, encontrei uma maravilhosa fonte de prazer: escrever frases inteiras. A professora falava "Paulo" e eu imediatamente, sôfrega, escrevia: Paulo quebrou o pé e berrou muito. Em casa mamãe dizia: hora de dormir. Eu anotava: todo dia tem a hora de dormir. Providencialmente, mantinha folhinhas e um lápis perto de mim. E o amor pelas mãos da primeira professora? Ah, esse não rendia frase nenhuma. Era parecido com o H, mudo.

O prazer de escrever frases ficou obsessivo. Passei a querer todos os cadernos do mundo. Quando mamãe e eu entrávamos numa papelaria, eu olhava e manuseava os cadernos no mostruário. Invariavelmente, mamãe e eu começávamos uma negociação em que ela sempre ganhava. Eu era tarada pelos cadernos com linhas azuis, mais caros do que os com linhas pretas. Isso pode soar hilário, mas linhas azuis eram mais caras do que as pretas nos anos 1960. Mamãe sempre comprava o caderno com linhas pretas e me entristecia sua justificativa de que ele era mais barato.

Nessa época, comprar qualquer coisa com mamãe era jornada renhida. Roupas, principalmente. Ela apontava para o vestidinho, eu batia o pé pelo short. Ela insistia que eu experimentasse o sapatinho de boneca, eu desejava a bota do guerreiro. É fato que ela sempre ganhava, é fato que eu sempre chorava. Não apenas por ter perdido a disputa. É que eu venerava a minha mãe. Então não eram só o short e a bota, era também a percepção de que eu a decepcionava com minhas preferências inadequadas.

Por conta das linhas azuis nos cadernos, conheci, na escola, o sentimento da inveja dirigida ao coleguinha que se sentava na carteira a minha frente. Eu o observava sempre. O primeiro motivo para eu fixá-lo vinha do fato de ele ser filho único. Eu tinha que dividir pai e mãe com mais quatro irmãos. Já ele, na certa, não precisava dividir nada. Nem a coca-cola de domingo e nem o afeto. Ele me parecia um príncipe inglês. Mas isso era só despeito infantil. Havia outra inveja, mais raivosa: os cadernos do meu coleguinha eram todos com linhas azuis. Lindas. Bem como seu estojo de madeira e sua caneta Parker, com o corpo verde, ensejavam minha cobiça.

Durante o resto da minha vida, essa inveja por apetrechos de escrita permaneceu. Pior, se estendeu das ferramentas para o fazer literário em si. E passados mais de sessenta anos, sigo invejando, agora envergonhadamente, escritos melhores que os meus. Melhores que os meus formam uma multidão. Mas sempre me indigno: como essa danada ou danado escreve tão bem assim? Me sinto defraudada.

É certo que lá na escola primária eu não sabia nada disso. Era apenas uma confusão. Apesar de haver sinais inequívocos de compulsão, como aquela manhã em que resolvi sentir o gosto da tinta Parker do meu coleguinha. Em uma distração dele, peguei o tinteiro, pinguei três gotinhas na minha língua. No momento seguinte me arrependi. Entrei em pânico: eu vou morrer, eu vou morrer. Minha irmã mais velha, que estudava na mesma escola, foi chamada. Voltamos para casa, eu seguia aos prantos. Até hoje, ao lembrarmos dessa história, minha irmã pergunta: o que deu em você para engolir tinta?

Não eram apenas cadernos com linhas azuis, canetas e o filho único que me perturbavam na infância. A emoção pelas mãos femininas seguia firme. As professoras se sucediam e todas elas tinham mãos. Eu sentia uma insegurança de gênero, pois odiava bonecas, vestidos, lacinhos, sapatinhos. Eu me perguntava: será que gostaria ter nascido um menino? Não falava dessa dúvida com ninguém. Mas mamãe, uma jovem mulher atenta, resolvera ir à luta e trabalhar para consertar sua cria, se esforçar para que sua segunda menina entendesse que era uma menina.

Na festa junina da escola, mamãe entrou em ação. Dançar a ciranda com vestido caipira abarrotado de florezinhas, chapéu de palha com duas trancinhas penduradas, para uma menina indefinida, era simplesmente pavoroso. A salvação da minha pátria foi a conga nos meus pés. O toque unissex da coisa. Então mamãe teve a ideia, pegou um dos pés da conga e costurou uma grande rosa vermelha. Artificial. Eu derramava lágrimas a cada movimento da agulha. Em vão! Fui dançar a quadrilha com aquela flor imensa na conga agulhando a minha alma. Muitos anos depois, comentei essa cena com a minha mãe e contei do meu tremendo constrangimento. Ela me olhou muito séria e disse: eu também sou humana.

O colégio da minha infância se chamava Monteiro Lobato. Hoje ele é um escritor "cidadão incorreto", por conta do inequívoco racismo dirigido às personagens negras de suas histórias. Mas naquela época, ao menos entre os brancos, ninguém enxergava isso. Naquela época a palavra racismo nem era mencionada. É fato que eu testemunhara na escola, dentro da sala de aula, um episódio que me impactou: uma garotinha negra humilhada pela professora. A menina não conseguia acertar uma conta qualquer de subtração. Com risinho sarcástico, a professora proferiu para toda a turma: não tem importância, você não irá longe mesmo.

Foi também nesse colégio que confirmei a existência da morte. Ela veio em forma de uma coleguinha vitimada pela meningite. Toda a classe foi ao enterro, num lugar muito distante. Lembro a caminhada sob o sol a pino e da confusão que eu sentia. Menos de um mês antes, andando com papai, vimos pela janela aberta da sala de uma casa, um morto estendido na mesa de jantar. Ainda sem o caixão. Não vi o corpo inteiro, mas os sapatos, um par masculino, lustrado, tamanho grande. Escrevendo melhor, não era um morto.

Era o morto, pois foi a primeira vez que a realidade do inexorável, da finitude absoluta, se materializou aos meus olhos. Meu pai deve ter percebido o frêmito que percorreu meu corpo e tentou suavizar, soltando a frase do Lavoisier: "Na natureza, nada se cria, nada se perde, tudo se transforma". Acrescentando: o corpo será devorado pelos vermes que serão, por sua vez, devorados... Tenho certeza de que papai não disse isso por mal. Ao contrário, queria me consolar.

Ao caminhar para o enterro da coleguinha, eu não conseguia escapar da imagem de seu corpo sendo devorado pelos vermes que, por sua vez, seriam devorados... pelo que mesmo? Por borboletas, por cadáveres mais antigos, por vermes imemoriais? Seria tão mais delicado se papai tivesse mentido, contando a história de que quando uma pessoa morre vira uma estrelinha ou ganha uma Caloi para passear nos jardins do céu. Mamãe tampouco ajudou. Ela era de uma franqueza absurda. Pois, ao chegar em casa, depois do enterro da amiguinha, quis saber se a morte era o fim de tudo. Ela despejou: é isso mesmo, morreu acabou. O impacto foi tremendo. Deitei no sofá e tive a sensação de que eu mesma saía do meu corpo enquanto repetia: nunca mais, nunca mais, nunca mais!

O alívio na via crucis para o cemitério veio em forma de acaso, pois de repente avistei, no chão empedernido, uma borracha tamanho gigante estampada com o deus Mercúrio. Eu não sabia quem era Mercúrio, só sabia que a borracha era enorme e eu a queria de qualquer jeito. Por que uma borracha estava no caminho para o nada? Porque algum coleguinha havia deixado cair. Eu a escondi no bolso na mesma hora e respirei com prazer. Não pude evitar o pensamento de que a situação era horrível, uma menina estava prestes a ser enterrada, a morte era um nunca mais para sempre, o sol a pino estava derretendo minha cabeça, mas aquela borracha gigante iria para o meu estojo escolar.

Monteiro Lobato era incensado e muito lido. Os adultos gostavam dele e recomendavam seu universo de faz-de-conta para as crianças. Verdade que para crianças um pouco mais velhas. Mas eu já era uma leitora faminta. Portanto estudar em uma escola com o nome de um escritor soava com toda naturalidade. Existiria algum mundo sem palavras impressas? Pouco provável. Estar num mundo repleto de livros era uma banalidade. Minha casa era cheia deles, papai os amava. Mamãe que amava papai acabava cuidando deles também. Ela espanava as lombadas e os protegia de nossas mãozinhas desajeitadas: não baguncem os livros do seu pai.

Ainda não havia encarado a leitura de um grosso volume. Os livros que eu lia tinham páginas raquíticas, poucas letras e muitas ilustrações. Eu me perguntava o porquê das ilustrações. Pois tudo o que eu queria era uma frase depois de outra e depois de outra. Mas eles, os livros grandes, seguiam me olhando lá nas prateleiras mais altas. Eu juro que os ouvia prometer: em breve, em breve daremos todas nossas palavras para você. Mas essa promessa, ao menos com eles, não iria se cumprir.

Numa manhã, aqueles grossos volumes que eu tanto desejava viraram cinzas. Achei que minha mãe tinha ficado louca. Meu coração disparou ao vê-la, junto a uma amiga, queimar todos os livros de papai. As duas mulheres iam rasgando páginas e páginas. Atirando tudo, frases, parágrafos, pontos, interrogações, travessões, títulos, lombadas na fogueira que improvisaram no quintal de casa. Foi uma manhã de um dia diferente de todos os outros, uma manhã inusitada. A cara de mamãe estava como pimentão vermelho. Eu sentia de longe a quentura da sua pele, a febre do seu assombro. Sua expressão falava: não chegue perto e nem faça pergunta alguma. Me deu medo de noite sem lua. Papai havia sumido e mamãe perdera a razão?

Mais tarde, nesse mesmo dia, tomei coragem, perguntei pelo pai. Mamãe devolveu com perguntas também: você não sabe que teve um golpe militar? Não sabe que seu pai está escondido? Para um ser com oito anos eram perguntas difíceis. Eu não sabia que meu pai era comunista, não sabia que o governo havia sido derrubado à força. Muito menos podia imaginar que o equilíbrio da rotina da nossa família estava por um triz. Apenas percebia uma mulher muito zangada na minha frente. Quando ela se aborrecia era para valer. Se ultrapassávamos o limite de sua paciência, soltava: tenho vontade de pegar uma estrada e sumir. Nunca o fez, mas essa ameaça de abandono me persegue até hoje. Por que você queimou os livros, mãe? Porque ficaram perigosos, podem prejudicar ainda mais o seu pai.

Semanas depois, ele voltou à casa. Silencioso, seguiu direto para o quarto, minha mãe o acompanhou. Espiei pela porta entreaberta, vi pela primeira vez meu pai, a montanha, chorar. Um choro de uma lágrima só. Era grossa como os livros incinerados, mas não fazia barulho como as páginas na fogueira. A lágrima do meu pai era muda como a letra H. Minha mãe passou a mão no rosto dele, deu um beijo e disse: tenha coragem! Sim, ela o amava mais do que tudo, mais do que aos filhos. Que cena foi aquela!

Em quinze minutos, se não menos, a polícia do exército invadiu a nossa casa. Tive um esboço de resistência, sentei em frente à porta do quarto dos meus pais e vi uma bota preta, enorme, pular gentilmente sobre mim. Papai foi algemado e levado para o camburão mal estacionado em frente ao jardim de mamãe cheio de roseiras. Atrás desse camburão, havia outros. Que exagero, acho que pensei. Minha irmã mais velha gritou: meu pai não é ladrão! Os mais novos assistiam à violência sem entenderem quase nada. Foi aí que brotou uma alegriazinha dentro de mim: mamãe, esta noite vou dormir na sua cama.

Ninguém sabia para que prisão tinham levado papai. A casa ficou estranha sem ele, mas seguia muito linda, graças ao capricho talentoso de mamãe. Tudo arrumadinho, coloridinho com seus vasinhos, paninhos, pratinhos portugueses na parede, bibelôs de louça. Nenhum espaço em branco. Quando já éramos duas senhoras, perguntei para ela: você tem pavor de paredes vazias, né? Ela sorriu. Eu puxei isso dela. No quarto em que agora escrevo, olho para as paredes e não encontro nenhum vazio. Tudo preenchido. A diferença é que mamãe pendurava quadros e pregava toda sorte de objetos decorativos. Já eu abarroto vazios com papéis manuscritos, digitados, impressos, ilustrados, amassados e lisos também.

O que não puxei dela foi o amor às flores, sempre esqueço de regá-las, de conversar com elas. Quando mamãe morreu, pensei imediatamente: morreu uma jardineira. Na hora de preencher, no hospital, o terrível questionário de "declaração de óbito", na linha pontilhada correspondente à profissão, quase escrevi: jardineira. Mas não o fiz e me arrependo. Porque o jardim de rosas daquela casa era uma obra de arte a céu aberto. Muitas vezes a vi plantando, podando, regando. Ela ficava com foco total. Se um dos filhos a chamasse, ela não ouviria. Eu acredito que mamãe, no seu jardim, realizava o desejo de ir para outra galáxia.

machado na árvore

Meses depois, meu pai estava fora da cadeia com seus direitos políticos cassados e sem nenhum dinheiro no bolso. Fora demitido do banco em que trabalhava e agitava todos os colegas: abaixo a exploração dos bancários e abaixo o lucro imoral dos banqueiros. A nossa casinha com o jardim cheio de rosas foi alugada, meu cachorro Nick foi dado para uma proprietária de sítio. Fomos todos morar de favor na casa da minha avó, mãe de papai.

Vovó tinha uma casa enorme, com três andares, varanda, jardim e quintal. Essa casa dava para um rio urbano. A irmã e o irmão de papai, com os próprios filhos, nunca haviam saído de lá. Dos três irmãos, papai era o impávido ou, para as más línguas, o aventureiro irresponsável, aquele que por ideais políticos rifou o bem-estar dos cinco filhos pequenos. Então quando chegamos parecíamos uma tropa de imigrantes derrotados. Eu fiquei muito confusa, vivia numa espiral de perdas e inseguranças.

Tudo era uma droga. Entre esse tudo, a pior droga era a nova escola. Não me importava mais com linhas azuis de cadernos. Nem me comovia com as mãos da atual professora. Aliás, essa professora foi autora de uma cena que me fez sofrer. Um dia qualquer, ela perguntou de uma lição qualquer e eu, que não fizera qualquer lição, atirei de qualquer jeito o caderno escolar sobre a mesinha dela. Enfurecida, ela começou a folheá-lo e desancou ofensas. Disse que meu caderno era deplorável, que minha letra era garranchuda demais. Botando sua língua na minha ferida, declarou: seu caderno parece caderno de menino, não tem capricho nem esmero. A professora me ensinou o que era a humilhação.

Quando terminou a aula do espezinhamento, fui secar as lágrimas na praça em frente à escola. Uma praça com chafariz, cuja bica de água imitava uma boca de leão. O que eu estava sentindo doía duas vezes. As palavras da professora, ditas na frente de toda a turma, foram imperdoáveis. No entanto o que mais me feria é que ela havia dito a verdade. Meu caderno estava infame! Sujo, desamado. Era o espelho de como eu me sentia, após a prisão de papai, da quebra da rotina, da mudança de vida: o menor ser no planeta Terra. Não contei o episódio em casa. Meus pais estavam concentrados em sobreviver, se relacionar minimamente, sair da situação que os obrigava a um cotidiano de conflitos.

Aposentei o caderno ofendido e iniciei um novo, na esperança de fazer melhor. Puxando pela memória agora, não consigo lembrar se melhorei. Como também não recordo o nome e nem o rosto da professora. Meu cérebro moeu os detalhes, mas não a emoção dessa história. Contando isso aqui, me ocorre, meus cadernos, tenho muitos até hoje, funcionam como espelhos de estados da alma. Alguns são primorosos no desenho das letras, nas diferentes cores de tinta das esferográficas. Outros, mais soturnos, têm grafia feiosa. Reparando bem, a letra feia ou bonita também é espelho dos conteúdos escritos. Que coisa!

O bálsamo para a menina, o refúgio, veio em forma de livros. Havia muitos livros na casa de vovó. A biblioteca do avô, morto muitos anos antes, era uma joia com vários volumes autografados. Entre as dedicatórias, uma do Graciliano Ramos. Ele e vovô tinham sido hóspedes no mesmo cárcere durante a ditadura de Getúlio Vargas. Sim, a família paterna tinha a política picada nas veias. Meu bisavô foi assassinado por ser republicano. O avô morreu, aos 36 anos, por um estômago arruinado atrás das grades, como papai, também conhecera a prisão. Eram todos vermelhos, todos de esquerda. O pensamento de direita, caso tentasse entrar naquela casa, seria guilhotinado. Naquela família, o rótulo da lata de leite era Karl Marx e a marca do pacote de açúcar era Luís Carlos Prestes.

Esse sectarismo ideológico rendeu uma cena engraçada. Algo cômico no palco de tanto drama. Meu tio tinha ódio mortal ao Carlos Lacerda, ex-governador do Rio de Janeiro e, naquele momento, puxa-saco da ditadura militar. Ocorre que eu adorava o nome Carlos (até hoje gosto). Num fim de tarde, o tio, deitado na cama, estava ouvindo pelo radinho um discurso do Lacerda ao mesmo tempo que espumava ira. Não resisti, parei em frente ao meu tio e gritei: viva o Carlos Lacerda! Carlos, Carlos! Titio saltou da cama, agarrou um chinelão e correu atrás de mim. Mas não me alcançou.

Um ano antes, quando mamãe finalmente descobriu onde papai estava preso, fomos visitá-lo. Era uma cadeia pública, onde conviviam presos políticos e comuns. Isto é, gente que ameaçava o governo e gente que ameaçava os bolsos e, até mesmo, as pessoas. Logo ao chegarmos, uma garota, que talvez também estivesse visitando o próprio pai, olhou nos meus olhos e disse: seu pai é ladrão, seu pai é ladrão. Ela falava com toda a raiva do mundo.

Papai, atrás das grades, fazia questão de demonstrar que estava bem. Manter o moral alto, como costumava dizer. Ele contou que os primeiros dias foram duros, pois não havia nada para ler. Até que viu um preso comum com um jornal debaixo do braço. Ele pediu: você me empresta um pedaço? O outro emprestou o caderno de classificados. Feliz, papai passou a ler e reler: compro, vendo, alugo, procuro, penhoro, ofereço.

A maioria dos livros do avô morto tinha capa dura e um cheiro que eu acreditava ser como as cavernas cheiravam. A atmosfera da biblioteca, mesmo que diafanamente, me transportava a um ambiente de reverência. A capela de uma família de ateus. Comecei o mergulho nos livros grossos, nas folhas de gramaturas generosas. Leituras sem direção, eu escolhia pelos títulos, pelo formato, pelo toque no papel. Papai, o comunista, tentava me guiar um pouco e dizia: leia os russos! Dá para imaginar uma menina, toda imatura, lendo *Crime e Castigo*, do Dostoiévski? Ou *Pequenos Burgueses*, do Gorki? Pois imagine.

Eu não entendia nada dessas leituras. Mas eu as sentia. Ao ler os clássicos russos, meu espírito flanava entre samovares, mujiques, vielas de São Petersburgo e praças de Moscou. Histórias com cossacos violentos e mulheres em geral silenciosas e silenciadas. Muito frio, muito chá, muita vodka. Conheci campos e dachas russas antes das roças do meu país. Diga-se, minha cultura familiar, do lado materno e paterno, era urbana. Nunca ouvia nenhuma referência a terras, cultivos, hortas, pomares, bernes em animais, criação de porcos ou de galinhas.

No máximo, eu sentia asco e medo das galinhas que a lavadeira e passadeira da minha avó, com frequência perturbadora, guilhotinava no quintal da casa. Era uma mulher velha, dessas que começou a trabalhar aos sete anos e, aos setenta, continuava. Pitava um eterno cachimbo e me contava histórias da sua vida, do marido inválido, do filho assassinado, sempre com detalhes impecáveis e alguma crueza. Ela era cega de um olho. Com absoluta naturalidade, se sentava de cócoras, agarrava uma galinha e passava o fio do facão afiado no pescoço da pobre. Sem a cabeça, a galinha ainda dava uns passos recalcitrantes antes de cair morta. Talvez, e só talvez, por isso eu até hoje não coma nenhuma ave. Nem frango, nem pato, nem peru de Natal.

Houve uma exceção. Quando eu era roteirista fui visitar um convento em uma cidade distante com o diretor do vídeo. O vídeo era para encorajar jovens vocacionadas a se tornarem noviças. Isso mesmo. Depois de horas penosas de viagem, no refeitório do convento, a madre superiora nos convidou para um almoço tardio. E a carne era de frango! Coxas brancas e gelatinosas. Uma versão do inferno, meu Deus! Acovardei-me. Dei uma mordida, depois outra e abandonei o prato. A madre exclamou: vocês que pensam muito se esquecem de comer.

Na casa da avó, eu lia tudo e em todo lugar. Às vezes meu pai e meu tio quebravam o maior pau e eu seguia dentro da banheira com um livro aberto. Sentia-me protegida da loucura dos adultos. Principalmente da agressividade dos dois irmãos; um dia até brigaram de faca dentro do boxe do banheiro. É evidente que ao rever a cena da facada embaixo do chuveiro no filme *Psicose*, do Alfred Hitchcock, sempre recordo dos irmãos no banheiro da casa. No caso deles, o jogo era de ameaça e intimidação mútua, ninguém enfiou a faca no peito de ninguém. Papai e titio tinham um autoritarismo notável. As mulheres da casa, com exceção da minha avó que os enfrentava, pulavam miudinho quando queriam fazer valer suas opiniões e desejos. Os dois varões disputavam, entre eles, quem cantaria de galo naquela maluquice em que todos vivíamos.

Nessa época, também convivia com dois gêmeos. Eles tinham a minha idade, eram filhos da empregada, que os trazia todos os dias para o trabalho. Ficamos amigos. Numa tarde de 40 graus, nós três entramos nus debaixo do chuveiro. A mãe deles nos flagrou e nos pôs imediatamente para fora. A partir desse dia, passamos a acreditar que tomar banho era uma coisa errada. Mentira! Nós três sabíamos exatamente o que estávamos desejando fazer. Os gêmeos não iam à escola. Eram crianças negras. No entendimento social da época, tácito, é claro, não havia nada de estranho em crianças negras fora da escola. Eu os invejava por isso. Acreditava que eles eram mais livres do que eu.

Não recordo de anotar nada em bloquinhos por esses anos. A fazedora compulsiva de frases tinha se tornado a leitora compulsiva de frases alheias. Com exceção de uma vez que rabisquei uns versinhos num papelzinho. E cometi a imprudência de mostrá-lo ao segundo marido de vovó. Ele leu e riu. Não só, foi exclamativo: está horrível! Mas, aqui vai o crédito, devo a esse avô postiço, checo e judeu, minha iniciação no jogo de xadrez e no Franz Kafka. Ele também tocava violino, guardava o estojo com o instrumento em cima do guarda-roupa. Escondida, um dia, arranjei uma escadinha e fui fuçar. Levei um susto, ao lado do violino havia um revólver. Então me dava certo temor quando, sempre no entardecer, ouvia aquele arco nas cordas.

Uma parte boa é que mamãe foi trabalhar em uma feira itinerante de livros. A cada mês, a feira era montada em um bairro da cidade com mar. De vez em quando, minha mãe me levava. Isso era maravilhoso. Eu circulava por dezenas de barracas cheias de livros. Lia os títulos e invejava as páginas. Eles eram de todos os formatos, cores nas capas e cheiros. Eu me sentia mais em casa do que em casa mesmo. Passei a desejar muitos, decorava o título e imaginava a história. Foi na feira que encontrei um título que me fascinou: *Do outro lado do rio entre as árvores*, do Ernest Hemingway. Ainda não sabia nada desse escritor, mas supunha que um dia, como acabou acontecendo, eu o leria. Porque aquele título me arrebatava.

Eu necessitava de arrebatamentos. Havia superado a indefinição de gênero. Decididamente eu era uma menina, até menstruava. A obsessão pelas mãos femininas havia passado. Agora a atração era pelo corpo inteiro. Saíra da parte para o todo. Do mesmo jeito que tinha me apaixonado pela leitura, me apaixonei por uma vizinha. Ela era bem mais velha do que eu, devia ter uns dezoito anos, era a beleza em forma humana. Nunca, tenho certeza, ela me percebeu. Ela não me perceber não fazia a menor diferença. A paixão era minha e eu zelava para que continuasse só minha.

Pegava minha bicicleta e ficava dando voltas no quarteirão. Uma, duas, vinte. De repente, a vizinha surgia na varanda da casa dela. Eu freava a bicicleta do outro lado da rua. Ficava meio furtiva olhando para ela. Embebecida com a sua aparição. Imóvel até ela deixar a varanda. Eu voltava a pedalar veloz para a casa. Na tarde seguinte, repetia o ritual. A mesma cena, o mesmo arrebatamento arrepiado, o mesmo nada. Houve um dia que nossos olhos se cruzaram. Ela desviou rápido. Fiquei agradecida. Porque me encantar pelo feminino era o meu segredo e me parecia terrível que ela, ou qualquer outra pessoa, o desvelasse.

Nessa mesma época, houve uma chuva monumental na cidade. Uma enchente histórica. O rio em frente à casa de vovó transbordou. A água invadiu. Vi o exato momento em que ela passou por debaixo da porta da sala. Rápida e mal cheirosa. Em minutos, correrias dos adultos, geladeira, colchões e televisão boiando. E, para completar o espetáculo, foi-se a biblioteca do meu avô. Os livros com as páginas grudadas pela lama ficaram imprestáveis. Achei a história macabra. Primeiro vi livros serem mortos pelo fogo, agora via livros mortos pela água. As forças da natureza não eram minhas amigas.

Depois da enchente, depois da humilhação imposta pela professora, depois da descoberta dos grandes livros, depois do banho abortado com os gêmeos, depois do amor pela vizinha, depois de tudo, mudamos de casa. Meus pais finalmente conseguiram que voltássemos à formatação da família nuclear. Mas sabe o quê? As coisas não melhoraram.

praia

A nova casa era um apartamento e ficava a duas quadras da praia. Na velha casa da vovó, havia uma montanha entre nós e o mar. Um dia, titio apontou para a montanha e explicou: em linha reta, chegaríamos na praia. Foi o suficiente para eu devanear areia branca, conchas, sereias. Sonhava a construção de um túnel rasgando a montanha e me presenteando com o mar. Mas eu sabia também que jamais aconteceria o túnel. Tinha a mesma sensação de improbabilidade de quando ouvia papai lendo o bobo do Aladim com a sua fantasiosa lâmpada mágica.

A verdade boa de morar agora pertinho do mar não superou a verdade má de estar numa casa sem biblioteca. Meu pai seguia sendo um leitor adicto, mas, nesse momento e para sempre, seus livros tratavam de política: trabalhadores para cá, trabalhadores para lá. E os de ficção? Todos do chamado "realismo socialista". Com grande entusiasmo, ele me passou um bestseller do gênero, *Assim foi temperado o aço*, do Nikolai Ostrovsky, um ucraniano pró-soviético. História dura que contava sobre miséria, opressão e superação pela organização. De quem? Dos trabalhadores. Eu gostei de ler, mas era só um tira-gosto; sabia que não era o prato principal.

Para me tornar mais independente das preferências do meu pai, tomei a decisão de começar minha biblioteca pessoal. Na verdade, ainda não sabia bem quais eram as minhas preferências. Mas aquela construção de homens de aço, de redenção pelo coletivo, do líder absoluto, do masculino mandante, do feminino coadjuvante, mesmo que eu ainda não os nomeasse assim, eram um ruído ruim. Arranjei duas prateleiras, em um armário embutido no corredor do apartamento. Passei uma flanela amarela molhada com óleo de peroba e me pus a imaginar aquele espaço ocupado por livros. Desta vez, pelos meus livros.

Mas como comprá-los? Não havia dinheiro. Estávamos, como papai falava, na maior pindaíba. Foi nessa época que desenvolvi uma ojeriza por margarinas. Mamãe, a pragmática da família, havia alertado: temos que apertar os cintos. Não entendi direito a frase, até constatar que o pãozinho não vinha mais com manteiga. Vinha com a triste, patética, margarina. Odiosa substituição que me faz até hoje, passados mais de cinquenta anos, sentir fraudada quando, ao pedir pão com manteiga, vem com margarina.

Queijo, presunto, azeitonas? Nem pensar. Essa dieta de exclusão me enfurecia. O alívio vinha por acaso e só de vez em quando, sempre aos domingos, ao irmos lanchar na casa de uns primos. Mamãe recomendava: se oferecerem, aceitem tudo. Na mesa dos primos havia frios à vontade. Tudo sendo consumido no modo blasé. Os primos eram por parte materna. Completamente diferentes da neurose dos paternos. Eles pareciam tranquilos e à vontade com tudo. Para eles não havia ditadura, pai demitido, margarinas. Mas também, por lá, nunca tinha livros.

Papai seguia militando clandestinamente no clandestino Partido Comunista. Mamãe seguia temendo, com razão, que ele acabasse preso de novo. Havia uma tensão descarada entre os dois. Acho que foi o pior momento desse casamento que duraria para sempre. No entanto, meu pai era um lobo se esforçando ao máximo para sustentar a família. Passou a vender livros. Batia de firma em firma, oferecendo uma coleção belíssima, chamada "Museus do Mundo", ou "Maiores Museus do Mundo", ou "Os Mais Incríveis Museus do Mundo", algo assim. Não recordo mais. Lembro da beleza dos livros e que me apaixonei pelas obras de arte do Prado, Louvre, da National Gallery. Também do acervo de museus em Firenze, Amsterdã, Moscou, Berlin, Nova York. Uma festa!

Outra novidade é que eu havia deixado a escola da professora que me humilhara. Agora estudava em outra maior, um Instituto para meninas. Funcionava em um casarão bonito, com mangueiras frondosas no pátio. Bonito de ver, mas ruim de estudar. Reinava a ideia de que meninas deveriam aprender mais ou menos, pois nosso futuro estava em casar bem. Preste atenção: essa história não se passa no século XIX. Se passa em 1970. Nós erámos educadas debaixo de uma inferioridade, pois a três quilômetros dali funcionava o Instituto para meninos. Esse, sim, acomodado em um casarão bem maior, não com mangueiras, mas com palmeiras reais. Tinha até um pequeno lago com marrecos e lírios. Eles, os meninos, estudariam para serem donos de seus saberes e, por que não, de suas mulheres?

Foi no Instituto que tive a ideia de fazer um jornalzinho. Ninguém estimulou e ninguém impediu. Foi um frente e verso mimeografado. Eu escrevia, diagramava, passava no álcool, distribuía mão a mão. Uma professora, a de inglês, gostou do resultado, meu coração agradece até hoje. Desconfio que aí nasceu a escritora para leitores. A questão nunca foi só escrever, a questão sempre foi ser lida. Essa primeira iniciativa virou um hábito que levei para outras escolas que frequentei. Jornais mimeografados, jornais-murais. Entre eles, lembro com orgulho do jornal-mural que fiz já no colegial. Foi temático: acompanhei a doença e morte do ditador Franco na Espanha e a festa que se seguiu.

Mas o que a garota de 14 anos, no Instituto de meninas, tinha a expressar? Não me lembro dos conteúdos. Eram impressões, certamente. Lembro a urgência: pôr para fora, pôr para fora. Eu vivia espantada não com o mundo, o espanto era comigo mesma. Eu era a guardiã do meu segredo, guardiã de uma sexualidade precoce, dissonante e sem aplausos? Sei lá! O que descobri é que escrever me dava alívio. Não, alívio é fraco. Escrever me dava uma sensação de horizonte, de além-cotidiano, além-mar. De deixar-me ser? Aquelas frases, quando escritas, tiravam o peso de uma culpa e uma vergonha que habitavam em mim.

O projeto de formar minha biblioteca seguia vivo. Num passeio com minha mãe, vi em uma banca de jornal um livro vermelho com capa dura e o título *Madame Bovary*. Em cima do título, o nome da coleção "Imortais da Literatura Universal". Vidrei nessas três palavras: Imortais, quer dizer que tem gente que não morre; Literatura, a escrita como arte; Universal, para todos. Implorei para mamãe comprar a tal *Madame Bovary*. Ela resistia, pois se não tínhamos nem manteiga! Implorei novamente, ela cedeu não só naquele momento. Mamãe comprou, quinzenalmente, a coleção inteira. Eu? A cada mês devorava dois clássicos. Gustav Flaubert foi, então, o primeiro autor na prateleira do armário embutido do corredor do apartamento. Um começo auspicioso.

Depois de escrever o parágrafo anterior fui dormir e a memória me presenteou com uma lembrança de sentidos. Revisitei a garota rasgando o plástico que revestia cada volume da coleção e o exato cheiro de cada livro. Fiquei feliz e agradecida ao meu cérebro, que puxou do baú do tempo o tato e o olfato. Isso mesmo, quando a gente ama muito uma coisa ou uma pessoa, a gente quer devorar com todos sentidos. Devorar é pôr o que está fora para dentro. Se apropriar pela pele. Ou não?

Essa coleção de clássicos me acompanhou por décadas. Morei em mais de doze casas — assim por alto — e "Os Imortais" sempre estiveram comigo. Até o estranho dia em que eu, com 45 anos, senti que minha vida estava insuportável. Estava me debatendo em um afogamento profundo e não enxergava boia, barco ou praia que me salvasse. Pensei: vou me matar? Não! Mas então como posso me ferir gravemente? A resposta veio: desfazer-me da minha biblioteca de mais de três mil volumes apaixonadamente reunidos. E eu o fiz. Convidei os amigos para pegarem os livros que quisessem. Em uma semana não havia mais biblioteca.

A reação no entorno foi imediata. Por que se desfazer de algo construído e amado por anos? Teve quem ficou boquiaberto, teve quem se indignou: você vai ficar sem alma. Comecei a criar justificativas abonadoras, entre elas, não quero esses monstros sagrados atrás de mim enquanto escrevo à minha mesa; livros devem circular e não serem armazenados etc. Mas eram historinhas que eu contava para disfarçar o imediato vazio das estantes. Do quarto de trabalho, agora nu. Mesmo sendo uma mulher madura, seguia com a dificuldade lá do começo: não conseguia pedir com clareza que alguém me abraçasse, me apertasse, me ouvisse.

Mas a morte da minha biblioteca não podia ser prevista quando nasceu naquele apartamento perto da praia. Está aí uma semelhança entre livros e pessoas, a gente sabe, até documenta, como nascem, mas nunca adivinhamos como e quando morrerão. Aquele início era um momento de alegria, até de poder. Por mais desequilibrado que fosse o dia, por mais tediosa que fosse a escola, por mais que uma agonia de dúvidas crescesse, eu chegava em casa e abria a porta do armário embutido no corredor. E acontecia um abraço.

Outra felicidade era ir da casa ao Instituto pela praia. Dois quilômetros caminhando na areia. Bonito demais. Sentia os grãos finos raspando a sola dos meus pés, a brisa no rosto, o cheiro da maresia, o mar ao lado. E o sol brincando no céu, fazendo suas travessuras. Ora formava um arco-íris, ora se escondia atrás das nuvens, ora queimava minha pele, sem piedade. Mas eu não me importava, achava até bom. E, de vez em quando, a chuva ensopando a areia, ensopando minha roupa. Refrescando tudo. Esse ambiente formou em mim um padrão de beleza. Um alto padrão que já me enfiou em saias-justas, quando alguém de outra praia ou de outra serra pergunta: bonita esta paisagem aqui, né? Eu minto, por educação, respondendo sim.

Próximo do final do ano, me interessei por dois garotos. Ulalá, talvez mamãe levasse o troféu; sua filha era uma adolescente adequada. Talvez aquela emoção com mãos de professoras, de paixão pela vizinha fossem exatamente isto: uma emoção morta e enterrada. E, agora, dois rapazes vinham ao mesmo tempo. Um deles fazia teatro amador; melhor, queria fazer teatro amador, andava sempre com um livro a tiracolo. O outro era um estudante do Instituto para meninos. Era muito do vagabundo, mas tinha os olhos azuis que eram o mar.

O do teatro amador gostava de refletir e de conversar, tinha 17 anos e se considerava intelectualmente o máximo. Eu também achava todo ele o máximo. Ele lia peças e sonhava em dirigi-las, quem sabe no Teatro Municipal. Uma vez me levou para fazer um teste de figurante. Ele conhecia o diretor. Eu fui, já sonhando em ser uma gloriosa atriz. A tal figurante tinha que dizer uma única frase: "Henry pegou o helicóptero". Na hora H, veio à minha memória a letra H, a muda. Eu ga-gue-jei no Henry e no helicóptero. Fui reprovada. Quanto a nós dois, tirando um abraço atrapalhado, nunca nos tocávamos.

Já o vagabundo não lia nem bula de remédio e nem conversava direito. O que ele mais gostava era de ficar me pegando. Eu gostava quando ele me pegava, mas não gostava de pegá-lo. Tinha tesão e desconforto na historinha. De noitinha, na praia, a gente dava uns malhos, uns beijos molhados de língua, umas fricções. Mas a iniciativa e o avanço eram sempre dele, o recuo era sempre meu. Até um domingo em que ele me convidou para ir no apartamento de uma tia dele que estava viajando. Ele disse ao meu ouvido: o apartamento está vazio. Eu fiquei entre querer e não querer. Uni duni tê, salamê minguê, um sorvete colorê... Escolhi o não. Daí, ele esfriou até que não nos encontramos mais.

Sobrou o rapaz do teatro amador, mas esse nunca queria me pegar. O que era estranho, porque eu queria que ele me pegasse, porém também desejava que fosse rápido. Parecido com algo que a gente gosta, mas não gosta tanto. Ele acabou fazendo uma ponta na peça em que fui reprovada. Não recordo mais se foi ele ou se fui eu quem sentiu um certo desconforto com isso.

Então nos desaparecemos. Ai, que confusão! Lá estava eu me pesquisando, mas não vinha resposta nenhuma.

Do lado de fora de mim, a ditadura recrudescia e mamãe, mais uma vez, decidiu dar fim nos livros de papai. Nos meus ninguém mexe, avisei. Mamãe me apaziguou: os seus são romances, os militares não ligam para romances. Os do seu pai são livros políticos, os milicos se importam com eles. Ela, mais uma vez, tinha razão. Em 1970, pensar política no país era tão perigoso quanto viajar pendurado na turbina de um avião. Eu perguntei: você vai armar outra fogueira? Ela respondeu: vou jogá-los no fundo do mar. Na mesma hora, compus a cena, tubarões leitores mastigando *O que fazer*, do Vladimir Lênin, triturando Marx, a luta de classes e a mais-valia.

Fomos juntas. Pegamos a barca de passageiros que conectava duas cidades pela baía. Mamãe procurou o lugar com menos gente e nos sentamos fazendo cara de crentes, ou beatas, a caminho da igreja. Aí, bem no meio da travessia, onde o mar tem maior profundidade, mamãe atirou pela janela a primeira sacola cheia de livros, depois, outra e mais outra. Senti um orgulho dela. Ela era, e seria para sempre, a resolvedora de problemas. Papai queria mudar o mundo e ela arrumava a bagunça que ele ia deixando pelo caminho.

Para mim, papai era o ídolo, o megainfluenciador. Dois anos antes dos livros ao mar, ele me levou para a Passeata dos Cem Mil, que hoje tem o carimbo da história e verbete no chat GPT. O protesto coletivo era contra o assassinato de um estudante secundarista de 18 anos. O garoto levou um tiro à queima-roupa, dentro do restaurante universitário Calabouço. Eu e papai caminhávamos de mãos dadas. O que por si só era uma baita oportunidade, uma vez que meu pai tinha pouco contato físico com os filhos. Ele ia me conduzindo e instruindo: se a cavalaria vier pra cima, correremos juntos. Eu estava entre o medo e o fascínio. Lembro também as pessoas nos prédios de escritórios, debruçadas nas janelas, aplaudindo, jogando chuvas de papel picado. E o povo no asfalto gritando para o das janelas: desce, desce! Você que é explorado não fique aí parado!

A reação do governo não só aumentava, fervia fogueiras. A polícia política estava prendendo, torturando e até fazendo desaparecer opositores a rodo. A ordem era: vamos sequestrar, torturar, eliminar os comunas, essas baratas vermelhas. Meu pai seguia ativo e, portanto, alvo fácil. A família tinha medo dos vizinhos, qualquer um era candidato a dedo-duro. O perigo era real. Foi então que um amigo de partido convidou papai para um bom abrigo e emprego. Dessa vez, não só trocaríamos de casa, mas de cidade também. Fizemos as malas para a cidade sem mar.

mal-entendidos

Quarenta e dois anos depois de ter deixado a cidade com mar, senti que papai começava a morrer no momento em que se desinteressou pela política. Eu tentava forçar sua reação: o que você achou da fala do presidente... do racha no congresso... da candidatura de fulana... Ele respondia com silêncio. Se eu insistisse bastante, ele soltava monossílabos entre muxoxos. Infelizmente, eu não estava equivocada. Meu pai morreria pouco depois. No nosso último domingo, no hospital, eu lia em voz alta a biografia do Getúlio Vargas, escrita por Lira Neto, e perguntava: pai, foi assim mesmo que aconteceu? Ele que conhecia a história do país e do século XX de cor, tendo participado de momentos disruptivos da política nacional, agora se negava a qualquer comentário.

Na minha infância, meu pai havia me contado do impressionante dia que Getúlio Vargas se suicidou. Disse que ouvira a notícia da boca de um açougueiro no mercado municipal, mas só acreditou mesmo quando o locutor do *Repórter Esso*, no rádio, confirmou o fato. A data do suicídio coincidiu com o aniversário da minha mãe, 31 de agosto. O suicídio do "pai dos pobres" foi tão chocante que, mamãe contava, ninguém quis comer o bolo. Daí, naquele domingo no quarto do hospital, escolhi ler a biografia do Getúlio porque imaginei que papai se interessaria. Mas ele nada comentou. Num certo momento, talvez reconhecendo o meu esforço de filha, passou a mão frágil na minha cabeça e, como raramente fez na vida, disse meu nome no diminutivo. Entendi. Era a nossa despedida.

No ano em que trocamos de cidade, papai só pensava em equilibrar seu amor pela militância com seus esforços para sustentar a família. Para mim, mudar para uma cidade sem mar foi um baque tremendo. Ter nascido e crescido em um lugar diagramado entre mar e montanha havia criado linhas retas na minha cabeça. Como se só houvesse sul e norte para caminhar, pois a leste era o mar; a oeste, a montanha. E no meio de tudo? Eu! Agora era diferente, não havia marcos para me orientar. Onde o mar, onde a montanha? Onde a linha do horizonte? Tinha a impressão de ter aterrissado em uma estranha lua, formada por crateras de avenidas, viadutos, elevados, pontes, rotatórias sem fim. Um labirinto que dificultava a localização, que me confundia. Nem preciso dizer que tudo isso mudaria, que eu passaria a amar o labirinto. Mas não nesse começo duro de habitar uma urbe gigante sem natureza proeminente.

A perda da cidade com mar teve compensações, voltamos a consumir manteiga e fomos morar em uma casa mais adequada ao tamanho de nós sete. Quem seguia inadequada era eu. Ao menos pensava assim no tortuoso ambiente da nova escola, agora um colégio estadual. Carrancudo por fora e por dentro. Eu não progredia nos estudos. Eu não me animava. Odiava particularmente uma matéria com o pomposo nome de "Educação Moral e Cívica", cujo objetivo era enfiar, goela abaixo dos adolescentes, o amor às cores da bandeira, o respeito aos símbolos nacionais e, por óbvio, o temor às autoridades constituídas ou autodenominadas – do bedel da escola ao chefe da nação.

Era sufocante viver sob a ditadura. Não apenas no aspecto público, político da coisa. No aspecto mental também. A zona cinzenta, o pensamento único, a naturalização do autoritário procuravam e encontravam abrigo dentro das cabeças, ao menos, no interior da cabeça dos adultos. De repente, muitos se arvoravam fiscais do comportamento dos outros. Como se fosse possível escrever um manual da verdade e da conduta correta. Todos em fila, todos batendo continência para as regras do poder. Nada era debatido. Não existia "guerra das narrativas" como se vê hoje. O que existia era a narrativa dos militares e mordaça e pau de arara na narrativa contrária.

Meu professor de matemática era a personificação do civil querendo ser sargento. Arrogante e mandão. Tinha didática zero e um bigodinho fininho de uma antipatia só. Eu o detestava e creio que a recíproca era sincera. Juntando a isso eu era mesmo uma aprendiz sofrível. Equações, raízes quadradas, MDC e escambau dançavam compassos que eu não compreendia. Já a professora de português era uma beleza! Ensinava gramática a partir de textos. Eu devorava todos os autores que ela indicava: José de Alencar, Aluísio Azevedo, Lima Barreto e o gigante Machado de Assis. Ela apreciava tamanha aplicação da aluna.

A professora, de cabelos curtos e preferência por roupas de cor marrom, gostava de mim, acredito. Gostar de mim era tudo, porque não era comum. A verdade é que eu seguia estranha. O uniforme era feminino, mas meus sapatos eram masculinos. Essa professora de português parecia ler além da minha primeira frase. Eu apreciava quando nossos horários de saída coincidiam. Num desses, vi uma perua Veraneio estacionar em frente à escola. A professora entrou e beijou no rosto o motorista. Era o marido? Provavelmente. Ele estava fardado. Minha querida professora, que havia me apresentado Capitu e Quincas Borba, era casada com um milico?

Aí veio a notícia: vovó morreu. A primeira morte significativa na minha vida. Papai fez questão que todos voltássemos à cidade com mar para nos despedirmos. Fecho os olhos e a cena vem perfeita: vovó no caixão, o filho derramando uma lágrima única. Foi a segunda vez que vi papai chorando. A primeira foi naquela manhã em que ele foi preso. Eu me despedi da avó, e também das tardes em que, crianças, sentávamos ao seu redor e ela soltava histórias de quando moça. Contou da gripe espanhola e dos mortos. Contou de homens limpando a latrina das casas e equilibrando, em cima das cabeças, baldes cheios de merda. Sempre ríamos, não porque suas histórias fossem alegres ou cômicas, mas pelo jeito com que ela as narrava. Um talento.

Anos depois, eu ganharia um concurso de contos, cujo motivo era o enterro da minha avó. Mas ela aparece pouco na história, quem está lá para valer é o avô postiço, padrasto de papai. Acho curioso o desvio, no lugar da avó, contei do avô. Agora, tentando uma justiça tardia, quero registrar que a primeira vez que tomei consciência do mar, eu estava com vovó. Eu pisei com receio na água, ela ia dizendo: pode ir, pode ir mais. Eu fui. Tremenda alegria! Sei que devo essa estreia, sem par na emoção, ao empurrão dela.

No colégio estadual fiz amigas. A mais próxima era uma garota irreverente, usava a blusa do uniforme fora da saia, o que lhe valia repreensões: ponha a blusa para dentro, menina! Ela obedecia, mas, um minuto depois, voltava a tirar a blusa de dentro da saia. Eu apreciava essa atitude. Achava a garota corajosa, comparando-a comigo. Eu tinha muitas revoltas, insubordinações, mas as trancava dentro da minha cabeça. Eu não concordava com quase nada, porém não me insurgia como a minha amiga. Enquanto eu patinava nos pensamentos, ela agia. Também me emocionava com seus olhos azuis. Olhos de céu. Usando agora o espelhinho retrovisor, acho que sentia vontade de beijá-la.

Essa amiga me contava que seu pai era um alemão nazista, bruto com ela e com o irmão. Que ele batia muitas vezes nela, porque a odiava. Um louco. Eu morria de medo de nazistas, pois meu avô postiço chegara ao país, fugido dos soldados alemães no Leste Europeu. Uma vez, assim do nada, vovô me contou que ele e outras crianças judias assistiram, com excitação, a homens armados chegarem na aldeia em que moravam: achavam que eram atores de um circo. Só que não. Nesta mesma noite, os alemães armados botaram fogo na aldeia. Era um pogrom, isto é, um ato de violência em massa. O dia que minha amiga me convidou para dar uma passadinha na casa dos pais, fiquei arrepiada de medo.

Pegamos o ônibus e, por todo o trajeto, eu imaginava: vou encontrar um nazista alto, enfezado, que talvez me faça ameaças, grite comigo e até bata em mim. Então chegamos em uma bonita alameda da cidade sem mar. Entramos no prédio bastante detonado, com a pintura descascando nas paredes. Minha amiga tocou a campainha, a mãe abriu a porta, deu passagem e nem me cumprimentou. Elas sumiram na cozinha, fui deixada sozinha na sala. Assim em pé, assim com medo. Então o pai, vindo do corredor, parou na minha frente. Ele estava em uma cadeira de rodas. Esquálido, com a barba por fazer. Seus olhos azuis afundados no rosto amarelo. Suas mãos, de tão pálidas e finas, eram teias de veias. É claro que duvidei: esse é o pai alemão nazista? Era.

Havia uma outra amiga, vinda, como eu, de outra cidade. Nós compartilhávamos uma sensação de exílio. Não, exílio é uma palavra forte. Era mais a sensação que talvez sintam as pessoas negras entrando num clube coalhado de brancos empertigados. Um incômodo de não pertencimento, da ausência de boas-vindas. Sentíamos uns olhares de desconfiança. Umas vistas de cima para baixo em nós. Minha amiga sofria mais do que eu, pois eu tinha um sotaque que, então, a maioria invejava. Eu não apenas vinha de uma cidade com mar, vinha da recente ex-capital do país.

Fiz também um grande amigo, vizinho da casa em que morava. Um ano mais novo do que eu, era um leitor invejável. Ficamos grudados. Foi ele que me apresentou um romance que me fez tremer de prazer, *Crônica da casa assassinada*, do Lúcio Cardoso. Nossas famílias se frequentavam e eu inventei, para mim mesma, que estava interessada no irmão mais velho desse amigo. Mas o irmão mais velho desse amigo não estava minimamente interessado em mim. Então parei de fingir.

No colégio, o ponteiro girava. Consegui a tristeza de repetir dois anos seguidos. Definitivamente eu não avançava. Não estudava as matérias do currículo, eu lia ficção o tempo todo. Romances, livros de contos e uma novidade: poesia. Por essa época, Carlos Drummond de Andrade entrou na minha vida e não saiu dela até hoje. A leitura era a terra pródiga onde me sentia confortável, só, em paz. Mamãe e papai estavam preocupados com meu fiasco escolar. Resolveram me trocar de escola. Do colégio público para um particular. Eles se sacrificaram para me dar uma chance. Só que a escola particular era inferior à pública. Quando isso aconteceu? Por muito tempo no país.

Para mim, foi uma providência. Tudo era mais fácil e eu passei de ano! Eu percebia todo o embuste da situação, mas era cômodo. Se a escola era ruinzinha demais, a professora de matemática era brilhante. Não é que eu comecei a entender a ciência dos números, não é que eu me apaixonei pela professora? Descobri que ela morava em um pensionato de freiras, localizado no meio do trajeto para a minha casa. Então, por várias vezes, caminhávamos juntas. Eu queria saber tudo dela, mas ela falava pouco. Nesses silêncios longos, eu fantasiava que a gente se beijava na boca, fantasiava que ela me convidaria para entrar no seu quarto do pensionato.

No entanto os beijos reais eu trocava era com um colega que pediu para me namorar e eu aceitei. Era um rapaz interessante. Queria ser pintor e já dava suas pinceladas a óleo. Ele improvisou um ateliê no porão da casa dos pais. Aos fins de semana um grupo de amigos se reunia no porão. Foi lá que eu fiquei bêbada pela primeira vez. Foi lá que minha confusão ficou sólida. Afinal, eu sentia entusiasmo e tesão por aquele namorado, mas não parava de fantasiar o beijo na boca da professora de matemática. Isso fazia sentido? Uma pessoa dividida em duas? Dois desejos?

Então desisti. Não do namorado, mas da professora. Parei de acompanhá-la até a porta do pensionato das freiras. Eu estava decidida a ser igual a todo mundo. Contei mil histórias para mim mesma: essa fixação por mulheres é coisa infantil, olha só como posso ser feliz com o namorado no porão, olha como posso desfazer tudo que mamãe suspeitava, e não gostava, acerca de mim. Estava tão empenhada na minha normalização que deixei de fazer algo de que me arrependo até hoje. Agora, aqui, no quarto em que escrevo, revejo a história que irei contar e declaro: que desperdício de oportunidade!

aceleração

A namorada do irmão do meu namorado, uma das frequentadoras do porão, me convidou para passar um fim de semana em uma cidade com mar. Uma cidade com mar que não era a minha. Essa era muito menor e bem próxima à cidade sem mar. Na noite anterior à viagem, a moça me presenteou com um broche em formato de coração. Apesar de eu não usar nem broche, nem brinco, nem colar, nem anel, achei comovente. Afinal, era um presente. No dia seguinte, nós duas pegamos o ônibus e fomos para a praia.

Chegamos ao menor apartamento que eu vira até então. Mais diminuto do que ele só um outro, de 28 metros quadrados, mais de quarenta anos depois, em que eu instalaria meu projeto de escrita digital. Saímos para dar uma volta na praia e assistimos a um pôr do sol entre nuvens. Na areia, de costas para o mar olhando para os prédios da orla, tive uma sensação fantasmagórica. E por ser fantasmagórica não procurei nenhum significado.

À noite, no único cômodo do apartamento, nos deitamos lado a lado. Não sei o porquê, me lembrei da canção de um comercial de cobertores que minha mãe cantava quando despachava os filhos pequenos para a cama: "Já é hora de dormir, não espere mamãe mandar, um bom sono para você e um alegre despertar". Então a namorada do irmão do meu namorado me disse: eu gosto de você de um jeito um pouco diferente de como se gosta de uma amiga. Frase longa, mas meu cérebro interpretou na hora: essa garota está querendo que a gente faça sexo. Está querendo o que eu já fantasiei mil vezes. Está querendo me levar ao paraíso.

Então eu respondi para ela: não! Por quem você está me tomando? Como isso pode passar pela sua cabeça? Ela esboçou uma reação: é que eu pensei... que você gostasse de mulheres... Fiquei indignada: pensou errado! Eu gosto de rapazes! Ela se justificou meio sem graça: eu vejo umas revistas com mulheres se beijando... e sinto vontade... Finalizei o diálogo: você deve procurar um tratamento, um médico. Hoje, ao rever minha reação e minhas palavras, digo do meu coração para o meu coração: que calhorda! Que jovenzinha tola e preconceituosa eu fui. Que merda eu fiz! E para encerrar a noite com chave de bijuteria, devolvi o broche para ela: toma. Eu não quero.

No dia seguinte logo cedo, pegamos o ônibus de volta para a cidade sem mar. Em silêncio. Estávamos tristes. Pelo trajeto inteiro, com os olhos bem abertos, eu fantasiava o maravilhoso encontro dos nossos corpos. Encontro que eu matei. Parabenizei, com enjoo, minha estupidez. Nunca mais vi ou soube da moça que eu, a normal, rejeitei. Coincidência ou não, meu namoro com o aspirante a pintor terminou logo depois. Voltei para o lugar de que eu não conseguia sair, só que agora me sentindo bem pior. Mas não havia com quem conversar, nem com a família, nem com colegas. Talvez conversar com paredes? Com estrelas? Eclipse total.

Minto. Resolvi contar a cena para a minha mãe, deixando bem claro que eu havia rejeitado o convite da moça. Deixando bem claro que o problema era da outra. Existem dezenas de ações – centenas, vai – que me envergonho de ter feito na vida. Essa conversa com mamãe está entre as piores. Até enrubesço ao escrevê-la aqui. Rejeitei o prazer, enganei a minha mãe e, descaradamente, menti para mim mesma. Por que camuflava tanto? Talvez por conta da minha mãe. O empenho dela, na minha infância, em me transformar na bonequinha da sua expectativa, ainda me assombrava. Nunca nada foi dito com palavras. Era como se nos movêssemos em um universo tácito. Meu terror em desapontá-la era tamanho que eu preferia sentir sem agir. Por quê? Porque era a minha mãe.

Hoje mesmo, ao pausar essa escrita para dar uma volta na praça do bairro, encontrei, na casinha de volumes circulantes, um livro escrito pelo Oliver Sacks, *Gratidão*. O último texto, escrito quinze dias antes do autor morrer, começa assim: "Minha mãe" (...). Que coisa! Na cama do hospital, a derradeira palavra evocada por papai foi mãe. E mamãe, na fase em que a doença estava fazendo mingau da sua memória, olhou bem para mim, a filha, e perguntou: Mãe? Também pode ser que não seja nada disso e eu esteja usando mamãe para desculpar a minha falta de atitude. Talvez fosse eu quem não me aceitasse diferente na grande manada.

O fato é que a tão querida leitura não conseguia mais canalizar tamanha anarquia de emoções. Fui aos cadernos, à escrita. Por mais que agora tente esticar a memória como um chiclete, não faço ideia de quais frases eu tramava. Lembro-me debruçada no papel e do som da esferográfica friccionando as letras. Versos? Será que eu escrevia em versos? Mas que tipo de poesia poderia se acercar de mim? Acho que era tudo em prosa. Provavelmente frases criptografadas para que ninguém, e principalmente eu, pudesse entender. Uma escrita no cofre. Aliás, deve ser por isso que não me recordo dela. Ou talvez não houvesse nada de especial, fossem só frases vagabundas, histórias vicejando em terrenos baldios.

Em nenhum momento, nessa adolescência da minha juventude, pensei em me tornar escritora. Não me enxergava em nenhum ofício ou profissão. Não existia essa de "o que você vai ser?", porque eu já me considerava um ser completo em um mundo que me horrorizava e maravilhava ao mesmo tempo. Para mim, a expressão escrita, os livros, os meus caderninhos eram tão naturais como bananas e mangas na fruteira da cozinha. No entanto, nessa mesma época, houve uma transformação importante. Eu me envolvi com um novo amor: os estudos da escola. Havia ingressado em um colégio interessante, moderno, com tintas subversivas, com rapazes cabeludos e moças que usavam calças jeans e tênis velhos.

De péssima aluna pela vida inteira, decidi me tornar a melhor aluna do mundo. Nada fácil! Pois os buracos profundos da minha formação escolar diziam: estamos presentes! E eu tinha que tapá-los. E só tinha um jeito de fazer: estudar como louca. Eu fiz! Falei para o Balzac, Machado, Amado, Drummond: psiu! Mergulhei na tabela periódica, no cateto, na hipotenusa, nos afluentes do Amazonas e, com excelência, nos livros de História. Fiquei tão boa na Idade Média, no Renascimento a partir da prensa de Gutenberg, nas duas Guerras Mundiais que o professor de História Geral prestou atenção em mim. Com esse professor, poucos anos mais velho do que eu, embarquei em mais um chove e não molha. Só que agora mais complexo.

Ele me dava nota dez e saíamos de noite para algumas boates no centro da cidade sem mar. E daí? Eram boates gays. A mim me dava uma excitação tremenda ver duas mulheres dançando agarradas e se beijando. Mas e ele? O que queria? Sei lá. O que eu sabia é que ele era filho de um editor de um dos jornais mais prestigiosos da cidade e que ele tinha um carro para irmos às boates. Eu gostava de pensar que estávamos namorando. Havia um escondido, eu era menor e aluna dele. Havia status, ele era meu professor de História Geral. Também, penso isso hoje, era o companheiro perfeito. Pouco nos tocávamos e adorávamos nosso voyeurismo gay. Mas, é claro, não era apenas isso. Gostávamos de conversar e meter a língua na ditadura. Eu acreditava que, no fundo, ele era tão comunista quanto o meu pai. Até que...

Até que um jornalista foi assassinado sob tortura em um porão militar. Tentaram vender a versão de que ele se suicidara. Mentira! Daí, papai disse: vamos no enterro! E que tal convidar o seu namorado professor de História? Liga para ele. Liguei, mas, como estávamos em um regime de terror, eu disse o seguinte: aconteceu algo muito grave e importante, me encontre no cemitério judeu. Ele ficou meio sem entender, mas apareceu no final da cerimônia fúnebre. Cerimônia muito tensa, pois havia policiais para todos os lados, saindo pelo ladrão. Eles fotografavam os participantes no maior descaramento, com intuito de intimidar mesmo. Olhei para o meu quase namorado, professor de História, frequentador de boate gay e vi que seu rosto estava lívido. Daí, ele se despediu e escafedeu-se.

No dia seguinte, no colégio com tintas subversivas, ele veio para cima de mim e desancou: quem é você para me pôr em uma situação de perigo? Você não percebeu que o cemitério estava cheio de policiais? Eles poderiam ter prendido todos nós! Eles nos fotografaram. Que irresponsabilidade a sua! Tentei contar que a ideia de o chamar tinha sido de papai. Afinal criticávamos o tempo todo o governo militar e, na hora de uma resposta mais contundente, tirávamos o corpo fora. Esquentou tudo. Meu professor fez uma réplica enfurecida: fique ciente de que eu não sou como seu pai, não sou um comunista stalinista! Sou um democrata, um liberal. Fiquei chocada com seu raivoso blá-blá-blá. E assim se foi pelo ralo da História mais um namorado.

Papai, o comunista stalinista, seguia como meu principal influenciador. Para mim, tudo o que ele dissesse acerca de história e política era a verdade. Foi aí que um dia, ele falou: minha filha, por que você não faz faculdade de jornalismo? Elencou os argumentos: é uma profissão fundamental, pois elucida fatos, denuncia arbitrariedades. Continuou: você gosta de escrever, jornalista escreve. Tão lógico o meu pai. A partir dessa conversa, eu só pensava em entrar na faculdade de jornalismo. Não em qualquer uma, na melhor de todas. Que também era pública e gratuita. No ano seguinte, iniciei o cursinho preparatório para o vestibular e acelerei.

Senti que estudar me empoderava. Na época ninguém usava o verbo empoderar, mas ele é perfeito para traduzir a sensação que experimentei ao sair do nível péssima aluna para excelente. Foi uma janela aberta, par a par, onde pude enxergar algo potente em mim. Sim, eu era capaz de captar em um ano o que não havia aprendido em vários. Também admirei a obsessão. Em várias situações futuras invoquei a obsessão, como musa. E deu certo. Naquele ano, a obsessão era entrar no curso de jornalismo. Então pus tudo de lado, dúvidas, angústias, contos, poemas, filmes. Toda minha existência estava hiperfocada nas apostilas do cursinho.

Como trunfo, havia a prova de redação – que a maioria dos meus colegas temia. Mas eu não. Tinha certeza de que a escrita me ajudaria na média final. Pois eu e as palavras tínhamos uma intimidade construída desde a letra H, escrita na lousa da minha infância.

A letra muda me daria voz. Junto a isso, parafraseando Fernando Pessoa, eu tinha todos os sonhos do mundo com o jornalismo. Foi uma época em que os jornalistas, em geral, representavam a classe pensante no ambiente asfixiante da ditadura. Eu os via como uma espécie de elite da clareza. Eu queria fazer parte dessa elite. Queria também – era importantíssimo – agradar meus pais. Mal sabiam eles, e mal sabia eu, que, dois anos mais tarde, eu promoveria uma decepção ao trocar o curso de jornalismo pelo de cinema. Mamãe declararia: eu não entendo. Papai, mais enfático, debocharia: cinema? Você nem sabe usar uma máquina fotográfica...

Na tarde em que saiu a lista dos aprovados para o curso de jornalismo na universidade mais disputada do país, eu não tive coragem de ir conferir. Meu pai falou que passaria no cursinho, onde a sentença de vida ou morte estaria afixada na parede. Ele foi, eu fiquei em frente à televisão assistindo ao filme *Meu pé de laranja lima*. Hilário? Não estava prestando atenção na história, mas disfarçando uma tremenda ansiedade. E foi assim até o telefone tocar e ouvir papai falar: parabéns! Foi um dos dias mais felizes da minha vida, porque o patinho feio se transformou em raro cisne negro. Ulalá, que festa interior!

escandalosa juventude

A entrada na universidade foi uma vertigem de despedidas. Já no primeiro dia, no orelhão em frente ao prédio central da Escola de Jornalismo e Artes, comuniquei para mamãe: aqui está muito bom, não tenho hora para voltar. E nunca mais tive hora para voltar. Também me despedi da minha mais querida amiga do cursinho preparatório. A jovem do interior com quem compartilhei todos os sonhos futuros de nós duas quando ingressássemos no curso de jornalismo. Creio que ficará monótono dizer que me apaixonei por ela, e que não aconteceu nada do que eu desejei fazer com ela.

Mas acreditávamos em uma amizade de vida inteira. O fato é que eu havia entrado na universidade e ela não. Logo no início das aulas, minha amiga veio me visitar no campus. Eu estava tão excitada com toda aquela turma turbulenta e colorida que ela, a moça do interior, deve ter percebido que não haveria em mim mais lugar para ela. Despedimo-nos com gosto de morango murcho nos olhos.

A turma turbulenta e colorida parecia ter eletricidade correndo nas veias. Para mim, os choques de novidades foram tremendos. Logo de cara fui convencida, pelos veteranos do Centro Acadêmico, a ingressar num grupo do movimento estudantil, o mais aguerrido de todos. Entrei de corpo e cabeça. Discussões políticas eu as conhecia desde a mamadeira. E tudo que dissesse respeito a derrubar a ditadura militar era comigo mesma. Eu trazia um ódio ao sistema tatuado na alma, desde o dia da prisão do meu pai, desde aquela manhã, em 1964, em que vi papai chorar ao ser levado de casa para um destino desconhecido. O golpe militar inaugurou um longo período de sofrimento crônico em mim, em mamãe e nos meus irmãos. E em papai, lógico.

Não demorou para eu descobrir que movimento estudantil era sinônimo de passeatas, bullyings em cima de professores reacionários, assembleias permanentes, estudos de longos livros políticos; eu os lia, mas achava uma chatice. Um pouco depois, também me dei conta de que o grupo que me acolheu era na verdade um braço estudantil de uma organização trotskista. Quer dizer, em certo sentido, éramos massa de manobra de luxo a serviço de uma gente mais velha e mais organizada. Eles, sim, eram os fodões das decisões. Nós entrávamos com o sal da juventude a correr, nas passeatas, dos cavalos e das bombas de gás.

Também não demorou para aparecer um conflito entre pai e filha. Os adeptos de Leon Trótsky odiavam historicamente os adeptos de Josef Stalin. E tinham razão, Trótsky foi assassinado a mando de Stalin. Daí, no grupo político em que eu militava, qualquer um que tivesse relação com o Partido Comunista, por muito tempo stalinista, era inimigo! Pois eis que, em uma tarde nublada, papai parou na minha frente segurando um panfleto cujas palavras de ordem desciam o cacete em comunistas como ele. É isso que vocês pensam da gente? Você acredita mesmo que somos traidores da causa operária? Meu pai me olhou com cara de mágoa e eu dei de ombros.

Hoje eu sei que estava dando de ombros para minha formatação familiar, original. Estava trocando velhas influências por novas. Anos depois, papai e eu tivemos uma reconciliação política. Ele se afastou do velho Partido Comunista para entrar em outro partido, um moderno, que hoje está meio velho. Na nossa reconciliação, eu já não queria saber nem de Trótsky, nem de Stalin, nem de partidos políticos. Eu havia me tornado feminista e entendia que todos esses grandes líderes eram, afinal, representantes do patriarcado. Pura constatação, pois, mesmo no vanguardeiro movimento estudantil, eram os meninos que davam o tom com discursos enfáticos e nós, as meninas, cumpríamos tarefas.

Mas a face mais interessante dos meus anos de universidade não foi política, foi artística e cultural. E sexual também. Experimentei sexo, drogas e rock'n'roll não como slogan, mas como concretude. Para as meninas, havia pílulas contraceptivas em qualquer farmácia e a Aids só surgiria, espalhando seu pavor, alguns anos à frente. Então, senhoras e senhores, nada nos segurava. Opa! Alto lá! Tudo era muito tranquilo, desde que fossem manifestações heterossexuais. Não que se demonizassem homossexuais, mas nada de encorajamentos. Tratava-se de uma censura tácita, tal como eu havia vivido na família.

Apesar da liberalidade, havia, como sempre há, envolvimentos sinceramente afetivos. Me encantei com um rapaz, estudante do curso de cinema, com seus cabelos caramelos e misterioso em suas intenções. Ele estava comigo, mas não estava comigo. Num crepúsculo, na Praça onde se lia no chão "no universo da cultura o centro está em toda parte", o rapaz de cabelos caramelos confessou: estou saindo com outra pessoa lá das ciências sociais. Eu sabia quem era ela.

Na hora quase disse: mas ela é tão nariguda! O que eu disse foi: não tem problema, fique comigo e com ela. Ele não topou. Ficou com a nariguda.

Quanto às drogas, não preciso contar da parte boa das viagens lisérgicas e dos nutrientes para a imaginação. E o rock era a todo volume nas muitas festas regadas a Boby Dylan, Rolling Stones, Janis Joplin. O rock e a cultura pop foram benefícios. Na minha casa só escutávamos música brasileira. Em parte, por sectarismo ideológico do meu pai que tinha horror a influências norte-americanas, inglesas etc. Para ele, eram deformações imperialistas. Por outra parte, essa muito boa, mamãe adorava canções e era uma vitrola viva de chorinhos, sambas-canções, marchinhas de carnaval. Daí, nas primeiras festas, eu era total ignorante das guitarras ruidosas e da mitologia em volta do Festival de Woodstock. Tudo isso me deixava espantada: nossa quanta coisa eu não sei. Isso me afastava de casa e me empurrava para a nau daquela turma turbulenta e colorida.

A mola secreta para eu estudar jornalismo tinha sido a possibilidade da escrita. Eu queria escrever, mas, ao meu redor, a maioria estava mais interessada em ética e responsabilidade na comunicação. Até que eu me esforçava, lia autores que faziam a ponte entre comunicação e sociologia, porém o pavio do entusiasmo não acendia. Para ter uma ideia, não existia a matéria redação no curso de jornalismo. Tinha linguística, estatística, biblioteconomia... Nenhuma delas me tocava de verdade. Ser tocada por algo segue sendo um critério potente para eu tomar decisões. Até mesmo antes da clareza, essa deusa máxima, a pergunta que faço é: me toca ou não me toca?

No curso de jornalismo, quase nunca ouvia alguém comentar: olha que texto! Repare que boa escrita! Os comentários usuais eram: olha que jornalista comprometido ou atente para aquele jornalista dedo-duro. E os professores pareciam mais preocupados em contar caracteres com e sem espaço, em exigir impessoalidade máxima, nos treinar no gesso das aberturas de texto, com os seus "o quê, quem, quando, onde, como, por quê", na famosa pirâmide invertida, do que preocupados com a construção de cada frase. Eu seguia louca por frases. Obsessiva, preenchendo meus caderninhos. Também louca pela liberdade de escrita, pela anarquia. É fato que eu construía uma escrita ao léu. Escrita de terreno baldio.

Quando a internet se tornou 2.0, lá pelos anos 2000, ao me lembrar da escriba que fui na faculdade, batizei meu primeiro blog de "Capim Letrado". Mas isso aconteceria muitos anos depois. Nesse momento de faculdade, não existia internet e para nós, no país, nem computadores pessoais. Estávamos embaixo de uma segunda ditadura, chamada "reserva de mercado". Enquanto no exterior os bits voavam, nós, aqui, chafurdávamos. O que havia era o modelo da comunicação em massa e uns maluquinhos, como eu, a preencher linhas e mais linhas para ninguém.

O que saía dos meus dedos era semântica delirante numa sintaxe selvagem. Não só dos meus dedos; um colega que também escrevia em caderninhos, ao ouvir de mim que talvez eu começasse a escrever um romance, foi taxativo: romance? Que ideia mais burguesa e antiquada. Burguesa, aliás, era um xingamento comum: imprensa burguesa, mentalidade burguesa, teatro burguês etc. Isso eu não entendia direito, pois 80 por cento dos meus colegas eram burgueses, viviam em ótimas casas, recebiam mesadas dos pais e todos comiam queijo, presunto, e lambuzavam nos pães manteiga à vontade.

Eu passei a comparar os alunos de jornalismo com os alunos dos cursos de artes. Os primeiros, mais sérios, respeitavam o currículo, estudavam mais nos livros. Já os alunos de artes não andavam, flanavam. Produziam mais subjetividades, recitavam Vladimir Maiakovski pelos corredores: "Come ananás, mastiga perdiz. Teu dia está prestes, burguês". Desenhavam formas no ar, estudavam filmes, peças de teatro, quadros nas paredes e fora delas. Também liam muitíssimo.

O que me conquistou? A irreverência natural e as ruminações muito criativas, próprias de artistas. Também a ironia corrosiva e a iconoclastia. O tudo ou nada. Foi então que subi correndo as escadarias, cheguei ofegante na secretaria e declarei: quero trocar. A funcionária perguntou: trocar o quê, minha filha? Respondi com rotunda certeza: trocar o jornalismo pelo cinema.

Não fiz essa troca pensando no futuro ou no mercado, esclarecendo: minha geração ligava o foda-se para o mercado. Queríamos mandar o capitalismo pelos ares. O futuro era o aqui e o agora. De um certo jeito, eu acreditava que minha juventude e a dos meus amigos teriam um tempo eterno. Troquei o jornalismo pelo cinema, porque enxergava naquela turma mais sonho, mais disrupção. Eu vinha de um passado pé no chão, boletos no fim do mês, margarina no lugar de manteiga. Estava ansiosa por levar meus pés às nuvens, por aprender tudo o que não havia aprendido. Então fui.

O curso de cinema abriu uma grande tela no meu cérebro. Mergulhei fundo no conhecimento da fotografia, da montagem, da direção, das narrativas audiovisuais. Eu, naturalmente livresca, estava fascinada com essa forma diferente de construir personagens e contar suas histórias. É claro, sonhava em me tornar uma cineasta, uma diretora de filmes. A melhor de todas. Eu não parava de rabiscar ideias para filmes futuros. Nada de Hollywood, nada de cinemão, como dizíamos.

Nossa paixão eram as vanguardas francesa, alemã, italiana, espanhola. Amávamos Godard, Fassbinder, Antonioni, Buñuel. E os nacionais? Ah, almoçávamos e jantávamos Glauber Rocha, Júlio Bressane, Rogério Sganzerla. Nunca me perguntei: dará certo uma carreira no cinema? Bobagem essa história de carreira. Aos vinte e pouquinhos, eu me achava a rainha da cocada preta, o último biscoito do pacotinho. Saudades!

Filmar, no comecinho dos anos 1980, era analógico. As câmeras eram enormes, os gravadores de som também. A edição era montagem na moviola, com processo físico e mecânico. Os fotogramas, impressos na película, eram cortados com tesoura e reunidos com durex! E o ato de filmar tinha uma magia danada.

Luz: acendiam-se os refletores. Câmera: ouvia-se o barulhinho da película se movendo dentro. Ação: os atores entravam em cena.

Por ser um trabalho em equipe, muitos colegas se evolviam nas filmagens e íamos evoluindo na linguagem da sétima arte. Participávamos de curtas-metragens ora dirigidos por um colega, ora por outro. Com a prática rolando, fui me autopercebendo, acompanhava todo o ritual, mas minha cabeça estava sempre nos roteiros, na história antes dos filmes.

Porém, assim como não havia redação no currículo de jornalismo, também não havia roteiro no currículo de cinema. Isso contribuía para eu sentir a velha sensação de não pertencimento, não encaixe. Também sendo sincera aqui, eu queria ser diretora, pois, na pirâmide da produção de filmes, ser diretor era o cume. Eu queria alcançar o topo do Everest.

Imaginar-se na posição mais alta iria atrapalhar muitos outros momentos da minha vida. Mesmo ao me tornar roteirista profissional, carreguei uma espécie de complexo de gata borralheira, só que com a certeza de que nenhum príncipe encantado viria me resgatar. Nunca me considerei uma boa roteirista, talvez porque um dia quis ser a diretora. Não sei bem. Ser algo querendo ser outra coisa, ser outra coisa querendo voltar a ser algo que nunca fui. Vixe! É confuso para mim.

Enquanto estudava cinema, os relacionamentos corriam a jato. Depois do namorado de cabelos caramelos que me dispensou pela nariguda das ciências sociais, me envolvi com outro. Um companheiro bem mais político. Ele estava terminando o curso de jornalismo e acreditava piamente que sua missão era derrubar a ditadura militar e disseminar o trotskismo pelos corações e mentes. Era o senhor militante. Tive com ele uma relação morna e tensa, apesar dessas duas palavras não combinarem muito. Começamos sem paixão e alongamo-nos no banho-maria. Prematuramente infiéis, entediadamente juntos.

Até que encontrei a jovem que se transformaria no grande amor da minha vida. Ela chegou em uma moto, estacionou e não me olhou. Mas eu a olhei e a senti. Nossa aproximação não foi assim imediata, nem de repente, nem fácil. Foi como chuvinha que vai pingando, molhando até alagar. Estudava teatro e namorava um colega músico que depois virou um grande amigo da vida inteira, dela e meu também. Eu passei a desejá-la loucamente, em silêncio, em silêncio.

Essa ocultação de desejo era até velha para mim, vinha da mão da primeira professora ensinando a letra H no quadro-negro, a letra muda. Mas eu e ela passamos a conversar o tempo todo em todo o tempo. Parecia que o mundo inteiro estava à disposição dos nossos olhares, dos nossos sentidos. Nesse falar nunca coube indiretas, declarações, evidências. Não éramos dois barquinhos navegando, éramos o próprio rio.

Aí veio uma noite, sem intenção nem pretensão, em que acabamos na mesma cama. Nossos corpos se roçaram e grudaram como ímãs. Meu desejo de uma vida inteira se realizou. Eu estava fazendo sexo com uma mulher. Não ouvi sinos dobrando, mas era como se dobrassem. Não vi o mar invadir a cama, mas era como se invadisse. Eu brilhava pelos poros. A letra H toda reta se arredondou. E até soou. Na manhã seguinte, não dissemos uma só palavra acerca do que tínhamos vivido. Ao dormir com uma mulher se configurou o feminino em mim e nunca mais duvidei de quem eu era.

água fria

Os anos vividos na Escola de Cinema foram seminais para o meu abecedário visual. Não foi uma despensa atulhada de efeitos, nomes de filmes, diretores, anedotas de cinéfilos. Internalizei um repertório da linguagem em movimento: montagem, fotografia, som, iluminação, ritmos. A observação da narrativa cinematográfica me ajudaria, mais tarde, na linguagem escrita. De forma particular, na compreensão dos cortes entre os planos, o quanto saber cortar era poderoso. Provável até que esse conhecimento tenha aberto o caminho para minha preferência por frases e parágrafos curtos. Como se cada parágrafo fosse uma cena com começo, meio e fim. Parágrafos mantendo alguma autonomia em relação à totalidade do texto.

Durante o curso, os alunos iam escolhendo especialidades, normalmente a partir de suas afinidades. Tinham aqueles que grudavam na moviola, montando fotogramas. Aqueles que desenvolviam seus olhares tornando-se íntimos das câmeras. Os que se moviam entre luzes e sombras e se aprofundavam na iluminação, os de ouvidos grandes encaravam o desafio da captação de sons em interiores e nas ruas. Eu, como queria ser diretora, não me dedicava a nenhuma dessas habilidades que, na minha ignorância, pareciam ser só técnicas. Eu via como cada uma dessas funções era realizada, mas de verdade seria incapaz de brilhar em qualquer uma delas. Jogava tudo dentro do meu cabeção.

Como formávamos equipes entre nós e tínhamos cotas de película e de acesso a equipamentos profissionais, muitos faziam pequenos filmes, os chamados curtas-metragens. Também dirigi o meu com uma história que se passava em uma praia belíssima. Contávamos com uma kombi e um motorista, ele, de cinema, não gostava e nem entendia, mas, enquanto a kombi costurava curvas da serra, ele nos entretinha com histórias malucas da vida dele. Dizia que havia conquistado muitas mulheres e bebido e comido todas, entrávamos em um silêncio constrangido e ele ria alto. Também dirigia com máxima imprudência, mesmo sob neblina espessa de cegar. Mas não havia como reclamar, sem motoristas não existem filmes.

A jovem personagem do meu curta entrava e saía do mar sob a música "Gymnopédie 1", do Erick Satie. A trama não tinha pé, não tinha cabeça, mas tinha muita pesquisa formal. O motorista nem se interessava em acompanhar, ia roncar no banco de trás da kombi enquanto nos esforçávamos para fazer o melhor curta do mundo. Sim, minha produção de juventude era agarrada ao formalismo. A forma era superior ao conteúdo. O meio era o todo; a mensagem, o detalhe. Também havia a arrogância, da minha parte, em dividir a cultura em alta e baixa. Alta era a letrada, cheia de referências, de mestres consagrados, de críticos policiando o espontâneo. A baixa cultura era a popular, a das mães, a dos iletrados, a do motorista da kombi. É evidente que essa interpretação só surgiu na minha cabeça décadas depois.

Só fui entender o equívoco da divisão alta cultura, baixa cultura em uma ilha de um imenso rio. Tinha sido contratada para escrever uma matéria acerca da tradicional e famosa festa popular dessa ilha fluvial. Fui visitar os barracões onde as criações eram concebidas e materializadas para a grande festa dos bois "Garantido" e "Caprichoso". Vendo e observando os trabalhos nos barracões, conversando com os artistas, compreendi a sofisticação da mistura do popular com o erudito, do mito com o presente. Não apenas isso, que já é muito.

Percebi o valor de ser flexível, de criar sem pedir bênção às escolas de arte, diretrizes, manifestos, cânones. Os artistas, nos barracões da ilha, trabalhavam cruzando referências muito à vontade. Para mim, foi um choque relembrar o quando eu havia trancafiado minha criatividade em uma gaveta de ferro com frisos dourados. Por outro lado, cada um tem a sua história, os seus caminhos de formação. A gente não pode esperar que de um abacateiro caia goiaba. Então minha juventude seguia com muitas certezas e mil ilusões que, todavia, eu não poderia saber que eram mil ilusões. A principal ilusão era a de me sentir especial, meio predestinada a um trabalho e a um futuro de sucesso.

A desilusão não demorou. Teve início quando acendeu uma luz amarela ao aparecerem as câmeras de videoteipe, no início dos anos 1980. Nossa, eu não gostei nada! Então seria possível fazer cinema sem aquele ritual que me fascinava? Era crível que qualquer mané com uma câmera de vídeo narrasse histórias audiovisuais? Se qualquer um poderia, o que havia de especial em mim e nos meus colegas? Eu não podia ver ainda, mas uma mudança incrível no modo de fazer cinema, muito além dos meus desejos, estava nascendo ali. Isso não chegava nem perto da outra mudança estrondosa, a da mídia digital, que, quinze anos mais tarde, poria o meu mundo e o dos outros de pernas para o ar.

No mais, o cotidiano seguia com as passeatas de "abaixo a ditadura, pelas liberdades democráticas, pela anistia ampla, geral e irrestrita". Seguia com as festas que amanheciam depois do sol, com o troca-troca de parceiros sexuais-afetivos. Com réveillons no litoral norte da cidade sem mar, regados a muita maconha, peles douradas e libidos caçadoras. Respirar, transar, debater pareciam verbos sinônimos.

Eu esquentava a história amorosa com a mulher que havia arredondado para mim a reta letra H. Mas, na real, ela estava meio comigo e meio com o namorado músico. Eu estava muito com ela e pouco com meu parceiro que queria transformar o mundo na Quarta Internacional Trotskista. Esse arranjo afetivo ora me desorganizava, ora me excitava. Nós quatro flutuávamos numa situação indefinida. Mas estávamos nos lixando para situações definidas. O que valia mesmo era o dia e a noite que o seguia. Então veio a viagem mágica, fomos, eu e ela, passar três dias em uma casa em frente ao mar.

A casa em frente ao mar era da família dela e estava vazia. Sabe o que aconteceu? Vivemos os três dias e as três noites na cama. Não lembro se comemos, se bebemos água, provavelmente sim. O que eu recordo é do encontro, do encaixe, da felicidade física. Lembro o incêndio no lençol que nem a chuva torrencial, mesmo que invadisse o quarto, seria capaz de apagar. Lembro o barulho das ondas, que não era barulho, era a música perfeita para a nossa ocasião. Curioso é que não recordo nada do que conversamos nesses três dias. Na certa, não falamos coisa alguma.

Os anos de universidade também foram os mais afastados dos meus pais e irmãos. Eu só ia à casa, quando ia, para dormir. Chegava depois das 23h, saía às 5 da manhã. Minha mãe tinha a gentileza de deixar o jantar pronto para eu esquentar. Foi aí, jantando quase de madrugada, que descobri uma mistura inusitada: feijão com queijo parmesão em cima. Hoje penso: estômago de jovem. Sair às cinco da manhã era correr para a bolha.

Correr para o campus onde a vida parecia acontecer de forma separada da família, da cidade, de toda gente que não circulava naquele extenso campus. Quando ouço as pessoas falando de bolhas na internet, bolhas nas redes sociais, bolhas de algoritmos... sempre recordo da bolha universitária, na qual todos nos bastávamos. Não sei que nome dar a isso. Dissonância espacial? Dissonância social? Autossuficiência da imaginação?

Os estudantes de artes éramos, na maioria, iconoclastas. Mas de um lado só. Ao mesmo tempo que debochávamos dos figurões da cultura, isto é, diretores do teatrão, de filmes comerciais, escritores das academias de letras, burocratas da cultura, os mofados, como dizíamos, venerávamos outros, por exemplo, dadaístas, surrealistas, tropicalistas. Capitais do além-mar estavam mais próximas de nós do que bairros periféricos da cidade sem mar. Tomávamos a pequena parte que conhecíamos e chamávamos de o todo. Eu era uma jovem arrogante? Sim!

Por essa época, integrei um grupo que propunha desorganizar o cotidiano, desestabilizar o senso comum. Fizemos coisas divertidas e inusitadas, andar de guarda-chuva em dia de sol, caminhar nas ruas do centro financeiro empurrando carrinhos de feira, até mesmo invadir palcos com peças do teatrão, leia-se, do velho teatro. Uma vez, contando para o meu pai o que fazíamos nesse grupo, ele perguntou: vocês ganham algum dinheiro com isso? Ganhávamos zero de dinheiro e ainda tínhamos que nos cotizar para pagar o aluguel do espaço físico do grupo.

Zero de dinheiro, mas cito o lucro: meu contato com a escrita automática, proposta pelos surrealistas, foi parte fundamental no treino para me tornar uma boa escriba. Hoje, na prateleira atrás de mim, há dezenas de cadernos preenchidos com essa técnica, cujo procedimento é escrever livremente tudo o que vem à cabeça no momento exato da escrita, matando o severo juiz interno. Eu deixava a caneta rolar no papel. Pratiquei a escrita automática também com duas queridas amigas. A gente escrevia no Terminal Rodoviário, em parques, no Aeroporto. Uma das amigas se tornou uma revisora de dezoito quilates; a outra, que tristeza, se suicidou ainda na juventude.

Fiz escritas automáticas numerosas vezes, e por décadas, antes de começar qualquer texto. Ajudou? Muitíssimo. Não sei bem se influenciou o resultado em si, mas beneficiou a escritora, sim. Porque quanto mais livre estivermos no ato de escrever, mais alegria sentiremos. Quanto mais alegres estivermos ao escrever, mais feliz o leitor se sentirá. Pela milésima vez, me ocorre que o meu amor pela escrita tem a ver com a liberdade que ela me dá.

Por esses anos, também colaborei com alguns jornais e revistas da universidade, um deles fez história, chama-se *Avesso*, impecavelmente diagramado, com capas belíssimas. Eu percebia uma brecha, me enfiava. O que eu escrevia era um tanto selvagem, um tanto ingênuo. Mas eu não me importava. Era um espaço para a escrita. Um espaço para o que de fato mais me interessava, mesmo que eu ainda não tivesse plena consciência disso. Ainda sonhava em ser diretora de cinema, não obstante passava a maior parte do tempo preenchendo caderninhos. Escrevia neles na mesa do refeitório e na mesa da biblioteca, nos gramados, no ônibus para a casa.

Mesmo hoje, com a minha adesão quase total aos teclados, telas e processadores de texto digitais, carrego dentro do bolso, ou da bolsa, um caderninho, porque nunca se sabe quando aquela frase irá pedir registro. Também houve a fase dos guardanapos de bares com escritas bêbadas e garranchadas. Eram dignas de nota? Sei lá. Nunca reli nem os caderninhos, nem os guardanapos. Aliás, nunca releio o já escrito. Texto finalizado, texto morto. Talvez por medo de achar tudo ruim. Ou pela convicção que, uma vez terminado, o texto já não me pertença.

Quanto aos professores, com raras exceções, negávamos nossos ouvidos a eles. Arrotávamos arrogância. Muita coisa que os professores tentavam ensinar, particularmente os mais velhos, eu punha desconfiança. Como se houvesse um defeito intrínseco no envelhecimento. E velho para mim era alguém acima de 40 anos. Sentia que estávamos em realidades separadas; eles significavam o velho mundo, as práticas viciadas, o imobilismo. Eu encarnava o novo, o magnífico porvir. O velho mundo errava, o novo acertava. Estava redondamente equivocada, mas precisei madurar para ver. Necessitei envelhecer para sacar que o novo dura até que outro novo suba ao trono. Sucessivamente, geração a geração.

O declínio do ambiente universitário livre e 100% criativo teve início, para mim, com uma ação de violência política-policial, que resultou na prisão de centenas de estudantes. Entre eles, eu. Ocorreu por conta de um Congresso Estudantil, expressamente proibido pelas forças de segurança. O Congresso aconteceu em uma universidade católica. A polícia invadiu com cassetetes e bombas de gás. Bateu, feriu, destruiu. Fileiras de ônibus, estacionados em volta da universidade, se encheram de jovens levados diretamente a um quartel no centro da cidade sem mar. Bem ao lado de onde existiu a famosa Torre que serviu de prisão, poucos anos antes, para presas políticas. Entre elas, Dilma Rousseff que se tornaria, em 2010, a primeira mulher a presidir o país. Passamos a madrugada e a manhã do dia seguinte sendo fotografados e devidamente fichados como elementos perigosos. Eu senti muito medo. Acreditei que poderia ser espancada, torturada.

Nós, as mulheres, ficamos no ginásio coberto do quartel: os rapazes, ao relento. Só me tranquilizei quando o coronel, com um alto-falante, anunciou que, apesar de não merecermos, receberíamos um lanche pago pelo dinheiro público. Acrescentou: além de baderneiras, vocês dão prejuízo. E veio o pão francês transnoitado com duas magras fatias de presunto e queijo. Evidente que recordei da mesa farta dos meus primos na cidade com mar, na qual sempre havia frios e azeitonas à farta.

Passadas horas, uma policial, tão jovem como nós, apareceu com uma prancheta, anotando o telefone dos pais: para quem quiser avisar. Eu quis. Na saída do quartel lá estavam minha mãe e meu pai, os meus queridos. A recepção foi calorosa. Mamãe me beijou e me abraçou. Papai disse: parabéns! Fiquei feliz porque entendi que eles estavam orgulhosos com a filha insurgente.

Dizem que sonhamos todos os sonos, não sei. O que sei é que recordo muito raramente dos meus sonhos. Ou quando lembro são os recorrentes. Esses que nos visitam sempre. Um deles, até hoje, é o da invasão da universidade católica. Vem com detalhes. Os soldados da Tropa de Choque, com seus escudos e porretes, cercando o prédio, subindo as rampas da universidade. Lançando bombas, ferindo pessoas. Pondo os estudantes assustados em fila indiana. Escolhendo em quem bater com o cassetete. Num bem me quer mal me quer, macabro. Depois os estudantes sendo levados como gado até o estacionamento, onde houve longa espera. Os berros do coronel de plantão: todos os estudantes da universidade pública estão presos. Por mais que o tempo tenha afastado essa experiência, meu corpo se contrai ao lembrar a violência daquela invasão, a sem-gracice daqueles tempos brutos.

Na sequência dos dias, após a prisão, senti que alguma coisa havia mudado pra valer. A sensação de "podemos tudo" tinha se quebrado. O medo que eu experimentei ao ver a tropa de choque cercando e depois invadindo a universidade católica, a truculência que deixou gente ferida, o embarque no ônibus, a madrugada no quartel, semearam um campo de dúvidas. Passei a me perscrutar: será que eu quero mesmo correr da polícia, carregar faixas e bandeiras, encarar brutucus? A resposta que me dei foi não. Mas se todos os meus queridos colegas diziam sim, lá ia eu dizer não? Eu era militante ou era uma banana?

Seja como for, muitas coisas foram embora. Pessoas também. Por inanição afetiva e empática, eu e meu namorado trotskista terminamos. O bom é que nem nos importamos. O declínio radical do meu entusiasmo pela vida universitária é algo que me intriga até hoje. Penso que é um padrão. Afinal tudo o que chega ao cume, só pode descer. Experimento esse padrão muitas vezes. No começo de qualquer construção tudo é novo, desafiador, excitante. Sobe, sobe, sobe até o ponto de inflexão. Aí o novo, o desafiador, o excitante descem ladeira abaixo. Hora de fazer o quê? Virar o barquinho para outro porto, pivotar a vida.

Alguns de nós decidiram abandonar a universidade: o que estamos fazendo aqui? Subi correndo dois lances de escada. A secretária perguntou: o que você quer? Respondi com toda ênfase: quero trancar o curso. Ela: tem certeza? Eu: toda a certeza do mundo. Quando dei a notícia para minha mãe, ela ficou perplexa: não entendo. Você fez todo o esforço para entrar na universidade e agora abandona tudo. Abandonar, esse verbo atazana minhas ideias e embaralha meus caminhos até hoje.

viva a república

Foi em uma kombi, do mesmo ano de fabricação da kombi da Escola de Cinema, que meu irmão transportou a mim e a meus cadernos, canetas e livros para a república em que fui morar. Antes que o pessoal mais jovem estranhe, esclareço: república, aqui, é uma residência onde estudantes dividiam habitação, sonhos e aluguel. Meu irmão, durante o trajeto, perguntava por que eu estava saindo de casa. Ele não entendia; afinal, eu não estava me casando e tinha franca liberdade com meus pais.

Eu não podia responder, porque se eu fosse dizer a verdade, teria falado para ele na lata: estou saindo de casa porque me apaixonei por uma mulher e quero, acima e embaixo de todas as coisas, viver com ela. Mas desse sentimento, meu irmão, eu não sinto conforto em compartilhar com você e nem com ninguém. É um amor proibido, não é? Hoje penso que, se houvesse falado a verdade, talvez e só talvez, meu irmão tivesse me acolhido. Mas não ousei.

A república ficava distante do centro, em uma rua bucólica. Havia um córrego. Na margem oposta à casa, matagal. Nesse mato vi, muitas vezes, cavalos pastando e até uma vaca ou outra. Para cruzar o córrego, no final da rua, havia uma pequena ponte de madeira, que dava receio de pisar, mas era o que tinha. Para a minha juventude tudo estava lindo. Para os outros moradores da república, uns sete, de vez em quando nove ou onze, tudo estava bem. É claro que não havia quartos para todo mundo, mas qual o problema? Dividíamos. Havia um só banheiro. Mas qual o problema? Esperávamos um sair para o outro entrar.

A sala tinha um sofá com as molas expostas e o tecido roto; não o usávamos, sentávamos no chão sem questão. Na cozinha, uma geladeira cuja porta fechava mal e, combinando com o estilo, um fogão mal-ajambrado. Mas puxa! Fazíamos gororobas memoráveis. Uma vez por mês, quando sobrava alguma grana, íamos a um restaurante frequentado por caminhoneiros. Era a festa do bife com vinagrete e cebola, arroz e farofa. O fato é que a alimentação não tinha grande importância. O que gostávamos mesmo era de transar, puxar fumo, ler e imaginar que o futuro estava tão distante que seria bobagem pensar nele.

Foi nesta casa que me iniciei na leitura dos hispano--americanos. Julio Cortázar, Gabriel García Márquez, Juan Rulfo, César Vallejo, Augusto Monterroso, Pablo

Neruda, Octavio Paz, Mario Vargas Llosa, Jorge Luís Borges. Este último se tornou meu ídolo. Li tudo dele de trás para frente e de frente para trás. Alguns anos depois, tive o privilégio de vê-lo e ouvi-lo em um auditório da cidade sem mar. Uma comoção. Ao ler Borges e companhia percebi que o maior trunfo de um texto está no ritmo. Não só na trama, não só na construção das personagens, não apenas na natureza do gênero escolhido. O que faz enorme diferença entre um bom texto e outro ruim é o ritmo. Poetas, seresteiros, músicos, com licença! A prosa também é guiada pelo ritmo.

Confesso que aguentei todo o desconforto e desleixo da república porque, noite sim, noite sim, havia uma festa de amor. Havia um colchão de solteira onde cabíamos, com graça, eu e ela. Havia um experimentar prazeres sem fim. Havia nossos rodopios, arrepios, frenesis. Tudo isso acontecia em um quartinho de ínfima metragem no fundo do quintal. Mas cabíamos. Era de tal sorte a fusão que penso que caberíamos até mesmo dentro de uma caixa de fósforos.

Outro dia, uma amiga, especialista em neurociência, disse que nós, homo sapiens-sapiens, somos seres de padrões. Seguindo um padrão meu de comportamento, e do meu amor também, vivíamos toda a história em segredo. O H mudo. Durante o dia, na convivência com a tribo, não nos tocávamos, apenas nos olhávamos com desejo e cumplicidade.

Meu pai não era só um militante comunista. Era um amante dos livros. Quando ele estava definitivamente doente, pediu que eu procurasse o *Vidas Secas*, do Graciliano Ramos. Perguntei: mas por que isso agora, pai? Ele explicou que um dos enfermeiros do hospital se chamava Fabiano. Ele acreditava que a coincidência dos nomes do enfermeiro com a personagem do *Vidas Secas* poderia levar o Fabiano enfermeiro a se interessar pelo livro e, por extensão, tornar-se um leitor. Eu, preocupada com tudo, com o estado de saúde dele, com a tremenda tristeza da minha mãe naquela situação, desconsiderei o pedido.

Essa alma de livreiro me socorreu quando da mudança para a república. Pois, ao sair de casa, a mesada acabou. Mesmo curta era ela que me mantinha fora do mundo do trabalho. Meu pai tinha aberto mais uma livraria, das muitas que inventou, das muitas que foram à falência. Esta funcionava em uma pequena loja de uma galeria no centro da cidade. Seu acervo era formado por livros das ciências políticas e sociais. Havia todos: socialistas, sindicalistas, anarquistas, utopistas. Sem distrações literárias. Papai me convidou para ser vendedora de meio período. No outro período, ele empregou minha irmã caçula. Isso significava madrugar todos os dias e, entre a república e o centro da cidade, amargar duas horas dentro de um ônibus. Foi uma experiência interessante conhecer o público da livraria de livros políticos, todos de esquerda naturalmente, pois a direita, nessa época, ainda estava no fundo do armário. Os clientes eram excelentes nos discursos e péssimos no pagamento das prestações.

Mamãe também dava o maior duro trabalhando em uma butique de uma rua rica em um bairro rico da cidade. Dar duro não era problema para ela. Ela encarava os perrengues que teimavam em aparecer na sua vida. Casou-se aos 19 anos com um comunista teimoso, teve cinco filhos e conseguiu, sem falhar nenhum dia, preparar o café da manhã de todos, sair para trabalhar, voltar, preparar o jantar e o almoço para o dia seguinte. Quando penso nisso, digo: minha mãe merecia o Oscar e o Leão de Ouro juntos. Ela não achava a vida dela um mar de rosas, mas nunca naufragou na reclamação ou na amargura. Mamãe levava a felicidade a sério.

Nunca a surpreendi devaneando: quero um apartamento maior, quero viajar, quero filhos melhores. Ela tinha uma presença de realidade admirável. Quando veio a lei que proibia a discriminação nos elevadores entre "social" e "de serviço", ela comentou comigo: muitas vezes, ao entregar roupas para as freguesas ricas da butique, eu tinha que pegar o elevador de serviço. Mas nunca me senti humilhada com isso. Nunca me senti menor do que sou. Ao ouvir ela dizer isso, confirmei que mamãe não terceirizava sua alegria. Não pedia licença para encontrar a beleza. Ela realizava o prazer de viver em qualquer brecha. Mesmo quando não aparecia brecha nenhuma.

Dessa vez, sem falir, papai fez um acordo com o sócio e deixou a livraria. Com a Anistia Política de 1979, ele pôde retornar ao banco de onde havia sido sumariamente demitido e punido por ser um funcionário-sindicalista-comunista-perturbador. Foi uma excelente boa nova para ele e para mamãe. A volta ao novo velho emprego fez com que os dois não precisassem nunca mais contar centavos, e a margarina sumiu definitivamente da geladeira deles. Sem o emprego de meio período na livraria, procurei outro jeito de sobrevivência para continuar na república.

Então, com outro morador, um querido amigo formado em jornalismo, o único jovem negro da turma, começamos a fazer listas de matérias que poderíamos escrever e vender. Nossas pautas ora eram boas, ora estapafúrdias. A maioria deu em nada, mas uma ou outra emplacou. A gente ia se segurando assim. Era um equilíbrio na corda bamba. Mas o fato é que necessitávamos de muito pouco dinheiro para tocar nosso estilo de vida. Posso dizer que éramos minimalistas muito antes de eu conhecer essa palavra e seu conceito.

Por essa mesma época, me inscrevi num concurso literário, promovido por uma revista masculina. A ideia dos editores era publicar uma coletânea de contos eróticos escritos por mulheres. Encarei. Fiz o conto de uma tirada e enviei para a revista. A história era meio maluca. Uma mulher e um homem na cama, um espelho, uma boa dose de voyerismo e um ritmo feliz de prosa. Passado um mês, recebi um telegrama (isso mesmo: telegrama) avisando que meu conto era um dos premiados e que eu fosse na revista para pegar o cheque. Oba! Achei que a vida de escritora não deveria ser difícil. Um cheque! Quando foi publicado, levei a revista para os meus pais, estava orgulhosa do meu feito. Mamãe aprovou. Papai nem um pouco: um conto erótico, ele resmungou entredentes.

O bom foi que comecei a alimentar a ideia de me tornar uma escritora. Quem sabe a melhor de todas? A mola propulsora da vontade não foi o cheque, foi a publicação. Nesse ano, também tive um outro conto (dessa vez sem erotismo) publicado em uma revista com prestígio literário, só que não tinha pagamento nenhum. Se houvesse um anjo protetor, ele teria soprado nas minhas orelhas: não caia na armadilha da vaidade e preste atenção no cheque! Mas não tinha anjo nenhum. Ou tinha, mas eu não o via.

A república seguiu pulsante por mais um ano até que, numa manhã, despertamos com ruídos altos e inequívocos de tratores, escavadeiras e berros masculinos. O córrego, em frente à casa, ia ser canalizado. Ia desaparecer debaixo do asfalto que, por sua vez, seria o leito de uma larga e nervosa avenida. É evidente que obra de tal envergadura necessitaria de anos, fundos públicos e bastante corrupção até finalizar. Nós estávamos assistindo ao primeiro ato. Fomos pegos de surpresa. Não pude deixar de pensar que, mais uma vez, um acontecimento externo, do mesmo jeito que a prisão de papai, a invasão da Católica, se intrometia no rumo da minha vida. Bobinha eu, não é?

Não sabíamos o que fazer. Então permanecemos na casa. Só que agora não tinha mais cavalo nem vaca pastando, foram sumindo as árvores e, com a ausência delas, os passarinhos. A pequena ponte de madeira foi derrubada. Então tínhamos que dar uma volta danada para chegar na avenida onde passavam os ônibus que nos interessavam. A realidade é que a rua bucólica se transformou em um campo de batalha, só que no lugar de soldados, o enxame era de operários e fiscais de operários. A urbe nunca para.

De repente, me ocorre que não tenho nenhuma fotografia dessa época. Nem da casa, nem de nós, os bravos republicanos. Uma pena, pois gostaria de nos enxergar terrivelmente jovens, impávidos e cabeludos. Está tudo na memória e a memória, eu sei, tem o dom de criar versões diferentes para um mesmo fato. No entanto mesmo que haja versões conflitantes, todas elas nascem de um fato. E contra fatos não há amnésias.

Puxando a rede de neurônios, agora me vem um momento de decisão. A mulher que eu namorava seguia envolvida com nosso amigo músico. Essa história começava a incomodar. Eu me perguntava: será que ela gosta mais dele do que de mim? Uma tarde discutimos, ela afirmou que não mudaria nada no formato do relacionamento. Que, afinal, eu decidisse aceitar ou não. Doeu e eu saí da república, determinada a voltar para a casa de mamãe e papai. Como não tinha mais a ponte de madeira, precisei caminhar alguns quilômetros até o ponto de ônibus. Eu tinha lágrimas no rosto.

De repente, de uma das casas da rua, escapou um pastor alemão que, ligeirinho, abocanhou a batata da minha perna. Foi a deixa para eu chorar com convicção. Enquanto a dona do cachorro tentava me socorrer trazendo gazes, álcool, aspirina, água com açúcar, desculpas, ela, a namorada, surgiu de moto e, condoída, me resgatou. Voltamos para a república, ela fez o curativo na batata da minha perna. Nos beijamos. Transamos com fervura dentro do banheiro e nem um pio acerca do namorado músico.

Eu seguia amando pelas noites e procurando trabalhinhos pelos dias. Uma amiga (ah, como devo a ela) arranjou um emprego para mim. Fui ser revisora em um grande jornal da cidade sem mar. Era divertido e sinto até hoje o cheiro forte de cola que vinha da sala de past-up, onde mãos habilidosas usavam estiletes para cortar tiras de textos e colá-las em espaços com intervalos precisos. Quando eu chegava no jornal, sempre dava uma espiada no salão das rotativas, gostava de olhar aquilo. A fabricação de um jornal.

A matéria-prima eram os fatos que levavam a ideias, ideias que levavam a frases, frases que levavam a parágrafos, parágrafos que fechavam laudas datilografas (cada lauda com 1.400 caracteres) que iam para a chapas de fotolitos. Depois, tudo era encaminhado para o andar de baixo, onde começava o trabalho final dos gráficos. Então, finalmente, os jornais seguiam para fileiras de caminhões que, uma vez carregados, deixavam o grande pátio. Na manhã seguinte, leitores e assinantes, a maioria sem ter mínima ideia de como se fazia um jornal, mergulhariam nas manchetes, colunas, notícias, obituários.

Na sala de revisão, a tarefa mais tensa e atenciosa era a leitura dos anúncios dos mortos. Tudo era checado por um par de revisores. Um deles lia em voz alta e o outro acompanhava linha a linha, vírgula a vírgula, ponto a ponto, crase a crase cada texto. Na seção "Mortes", minha parceira de revisão e eu tomávamos todo o cuidado do mundo, para não trocar a Cruz de Cristo pela Estrela de Davi. Errar nisso dava demissão por justa causa. Imagine um velho judeu que havia vivido tantos shabbat, sentindo-se perseguido a vida toda e seguido as complicadas regras do Torá, ter sua morte publicada com a Cruz de Cristo no cabeçalho. Idem para a senhora católica que frequentava missas, perdoara o marido adúltero, e desde criança ouvia que os judeus eram os carrascos de Jesus. Coitada, ganhando como recompensa eterna a Estrela de Davi.

Com o avanço do ocultamento do córrego, a nossa querida república finalmente iniciou seu fim. Ninguém sentou à mesa da sala de estar (mesmo porque nem tinha uma mesa) para discutir a dissolução, para planejar alguma retirada coletiva. A gente não fazia planos. Tudo foi rolando com naturalidade: um saiu, depois outra, mais um. A única certeza que eu tinha é que iria para onde a mulher da minha paixão fosse. Eu iria com ela até para Pequim.

Aí chegou o dia que dois moradores da casa decidiram virar um casal e morar juntos na pequena cidade com mar. Ele havia conseguido uma vaga em um jornal e ela tinha confiança de que arranjaria alguma coisa, um bico quem sabe. Senti uma pontinha de inveja, não por eles quererem ser um casal, mas pelo mar entrando pelos olhos de cada manhã e de cada noite que eles viveriam.

Então veio a cena da despedia, vívida mesmo com a distância de mais de 40 anos. O casal mais seus cacarecos acenando adeus dentro de uma kombi (na época existiam kombis como moscas). A última imagem que guardo, como quem tranca numa caixinha especial um diamante raro, foi a alça preta de uma velha chaleira insinuando-se por uma das janelinhas da kombi. Meu olhar se alongou. Senti algo, até então inédito para mim: uma melancolia profunda que avançou minha pele adentro.

De alguma maneira, percebi que aquele cabo preto de uma velha chaleira insinuando-se por uma das janelinhas da kombi estava encerrando o ciclo da juventude da minha juventude. Pois a minha juventude propriamente dita começaria nos meses seguintes, em um bairro distante da casinha republicana. Para quem tiver curiosidade, a tal rua bucólica tornou-se importante avenida onde trafegam caminhões pesados para pegar a estrada rumo ao sul do país. A casinha? Deve ter ido ao chão. Qualquer hora passo por lá para confirmar. Será?

as mulheres são um barato

Houve uma época em que os filmes eram em preto e branco. Não havia cores nas histórias. Depois, sob o império da cor, numa jogada comercial, alguns estúdios passaram a colorizar alguns velhos filmes de sucesso, a pôr cores no chapéu do galã, na saia plissada da heroína, no céu e no mar. O resultado não ficou nada bom. Ficou pastel. Mas, na vida fora das telas, há momentos que saímos do preto e branco para o colorido, e o resultado é uma beleza. Essa é a sensação que eu tive ao me encontrar com um bando de mulheres feministas. Foi como se o mundo me dissesse: olha, essa é a sua turma. Aqui você é o que é, sem reprovações.

Foi o que chamo de um estrondoso encontro. Porque eu não precisava esconder minha preferência por mulheres e nem justificar minha escrita tateante e fragmentada. Eu podia caminhar em linhas tortas, não por meus pés serem defeituosos, mas por que eu queria! Ninguém me cobrava, então eu não precisava me livrar de nada. O estrondoso encontro começou em um coletivo feminista contra a violência doméstica. Um trabalho voluntário e político sem a mordaça de documentos, resoluções verticais, análises de conjuntura, comitê central e todas essas amarras que eu detestava e havia vivido no movimento estudantil.

Dentro do coletivo feminista, é lógico que havia grupos de afinidade e simpatia, porque, gente, não existe nada homogêneo. Logo enturmei com pessoas que se tornariam amigas de vida inteira. Todas jovens como eu, todas com enorme alegria de viver a vida por viver a vida. Ninguém falava em fazer carreira, alcançar resultados, ter rendas, usufruir de dividendos. Naquele momento, achávamos possível viver do vento do entusiasmo. Para maioria de nós, empregos eram apenas bicos. A centralidade estava nos relacionamentos.

Pelo retrovisor, vejo que algumas se tornaram feministas profissionais e seguem prestando um serviço valioso para a sociedade. No entanto a maioria tirou daquele coletivo uma experiência filosófica de vida. Feministas na filosofia. Esse é o meu caso, uma feminista sem militância organizada. Voltando àquele momento, eu não fui uma boa ativista, do mesmo jeito que não havia sido uma boa trotskista. Com o feminismo, também identifiquei discursos verticais e laivos autoritários aqui e ali. Mas adorava todo o resto, as festas, as risadas, os namoros e as irreverências dos comportamentos sociais.

Eu gostava mesmo do lado rebelde de ser feminista na aurora da década de 1980. Aí aconteceu um sorteio para ver quem iria representar a nós todas do

Coletivo em um Encontro Feminista fora do país, tudo custeado por uma organização americana. Meu nome saiu no papelzinho! Quase caí para trás de felicidade. Mas houve quem torcesse o nariz, houve quem pedisse para eu abrir mão e, por favor, cedesse minha vaga para uma companheira mais política e articulada. De fato, eu não era a mais preparada nem a mais adequada para representar o Coletivo. Bati o pé; afinal, eu tinha ganhado o sorteio. Quando a reunião terminou, fiz perguntas de como tirar o passaporte, se eu precisava de visto etc. A resposta foi um sonoro: se vire.

Apesar de já não morar com eles, papai e mamãe fizeram questão de me levar ao aeroporto. Eles pareciam felizes por mim, a filha feminista. Papai, sem perder a chance, dizia para eu ler a russa Alexandra Kollontai e a alemã Clara Zetkin – as duas marxistas, é claro. Mamãe me lembrava de trazer um suvenir para ela: qualquer penduricalho, cheio de miçangas, bem colorido, tá, filha? Qualquer lembrancinha bem feminina, né, mãe? Papai não pediu nada. Apenas uma vez, alguns anos depois, quando viajei para a cidade onde Karl Marx está enterrado, ele pediu que eu visitasse o cemitério. Localizei o túmulo, li o epitáfio no mármore: "Trabalhadores de todo mundo, uni-vos". Resolvi fazer uma foto do túmulo, do busto do Marx, da famosa frase. Meu pai mandou emoldurar. Ah, meu pai!

Eu estava emocionada, porque era a primeira vez que deixava o país. A minha namorada, que seguia namorando nosso amigo músico, se despediu de mim com ares blasé. Boa viagem e até. Por mais que eu tente, até hoje, não consigo diferenciar o modo blasé do modo tô nem aí. Não sei o quanto isso contou, mas entrei naquele avião grandão com a sensação de descompromisso total. Era apenas eu mais eu. Que o acaso abrisse asas. A mais de dez mil metros de altitude, tendo embaixo uma imensa floresta, eu ainda não poderia saber que aquela viagem, aquele encontro feminista, aquele país representariam mais um ponto de inflexão na juventude da minha vida.

Sair do país se parece com rachar a casca do ovo. Se parece com transpassar a bolsa da placenta. Puf! Sair da casa para a rua. Eu fiquei tão entusiasmada que reparava nas maçanetas das portas, nas tomadas, nos pratos, nos copos, no aroma do café, na textura do doce de leite, nos ônibus, nos taxímetros, nas paredes, nas janelas, nos tapetes, nos panos de prato, nos chuveiros, nos chaveiros, nos sapatos, nos penteados, nos brinquedos infantis, nas calotas dos carros, nas panelas, nos bules, nas torneiras.

Também olhava a lua no céu para ver se era diferente. Mas o que eu observava com gula sincera eram as pessoas falando uma língua parente da minha. Fascinante! Dois idiomas que se entendiam. Não tudo, é claro. Havia espaço para as dúvidas, para as reticências, para os acho que entendi. E nesse espaço do acho que entendi havia a oportunidade para brincadeiras, para as segundas intenções sempre mais verdadeiras do que as primeiras.

Foi com esse espírito elevado e uma tremenda curiosidade de tudo que cheguei ao Encontro Feminista. Com todos os poros feito anteninhas, me enturmei de cara com um grupo de mulheres que ria alto, pintava a cara, discutia pautas, para mim até então desconhecidas, como "sexualidade e política" e a urgência de criar um dia internacional contra a violência de gênero. Aliás gênero, usado como construção social do feminino e do masculino, era um conceito até então desconhecido por mim.

Eu passeava de um grupo temático a outro, sem dar muitos ouvidos aos discursos propriamente. Eu prestava atenção em quem chamava a minha atenção, as mulheres mais irreverentes, segundo o meu ponto de vista. O sucedido é que fiquei apenas a primeira noite na sede do Encontro. Porque eu saí com a turma e passei a dormir em uma casa muito maluca de um bairro popular e charmoso, em um país bem louco.

A turma era vibrante. Falava alto, fumava, bebia, cantarolava, execrava as autoridades, as instituições, o mundo feito. Parecia que estávamos inaugurando algo mais alegre, mais livre, mais vivo. Éramos todas jovens, o que certamente contribuía para essa atmosfera de sonho. Tínhamos um passado curto e um futuro longo. O presente era o protagonista. Eu mergulhava no império dos sentidos físicos. Tudo valia, tudo era gracioso. Pulei em camas, troquei beijos, toques, transas.

Queria conhecer profundamente o que se pusesse a minha frente, como se o mundo fosse oferenda. Não era suficiente mastigar, desejava morder. No pular pelas camas, me apaixonei pela mulher que cantava com uma voz que não vinha da garganta, surgia do corpo inteiro. Algum problema em seguir apaixonada pela minha namorada e me apaixonar pela mulher que canta? Nenhum. Em que árvore estava escrito que o amor tem contrato de exclusividade?

Apaixonar-me era um padrão. Começou com a professora desenhando a letra H, passou pela vizinha, por mais uma ou duas professoras, pela moça do interior.

Só que com essas, a paixão foi mental. Foram paixões lindas, sem dúvida. Paixões da imaginação, a poderosa máquina que cria jardins nos desertos, utopias no coração de ativistas, riquezas em ambientes de penúria, saúde num mundo insalubre. Ah, a imaginação! Não à toa a chamam de "a louca da casa".

Mas o bom pra valer são as paixões realizadas, recíprocas, destemidas. Com a minha namorada e também com a moça que canta, eu estava experimentando a beleza do concreto. O concreto era tocar no lugar de apenas olhar. Colher no lugar de plantar. Eu mergulhava em um momento feliz de vida, onde o nublado é ensolarado; o arenoso, líquido. Aos meus 25 anos, cheguei a acreditar que sentir-se feliz era para sempre.

Quando o avião aterrissou a volta, minha namorada estava me esperando no saguão de desembarque. Fiquei espantada, porque não havia dito a data de chegada. Ela então contou que havia pesquisado quando o voo daquele país aconteceria: vim faz três dias e voltei hoje. Te encontrei! Não havia blasé nos seus gestos. Ela não falou, mas intuí que o namorado músico saíra da pista. Então contei da mulher que cantava e do meu enamoramento. Oh vida, seguiríamos com um novo triângulo. Oh juventude, não detectamos impedimento algum. No carro, presas em um congestionamento infernal, ela comunicou: vamos morar juntas em uma casa cheia de amigas. Oba, exclamei.

A nova casa era uma comunidade só de mulheres e com um nível de conforto e organização bem superiores à antiga república de estudantes. Dávamos festas magistrais que amanheciam ao sol do melhor rock da época. Às vezes eu sentia sono lá pelas duas da manhã, então me deitava no chão em posição equidistante a duas potentes caixas acústicas, e adormecia. Nessa casa, consolidei amizades para a vida inteira. Nós, as moradoras e amigas bem próximas, criamos um núcleo duro de afeto. Passadas décadas e águas debaixo da ponte, sempre que nos encontramos é um amor.

Eu havia pedido demissão no jornal e me equilibrava em uma incipiente Comissão pró-indígenas. Não lembro mais qual era a minha tarefa, só recordo que não trabalhava com entusiasmo. Detestava as segundas-feiras e adorava as sextas. Nesse momento da minha ignorância, os indígenas e sua rica cultura soavam como seres de outro planeta. Extraterrestres na terra que é mais deles do que minha. Nos meses seguintes, fui perdendo o entusiasmo pela militância no coletivo de mulheres. Minha participação no Encontro Feminista foi crucial para a minha história pessoal, mas não para a causa. Veio a certeza: eu não militaria por nenhum ideal coletivo. No máximo seria o que chamam de uma companheira de viagem. Eu sou egoísta demais e totalmente autocentrada.

O que não mudava era meu amor pelos livros; minha biblioteca crescia. Agora com um aporte e tanto. Eu estava lendo escritoras mulheres. Sim. Me dei conta que, com raras exceções, só havia lido escritores homens. Fui constatando que todas personagens mulheres que amei, Emma Bovary, Capitu, Anna Karenina e tantas outras, tinham sido paridas por penas masculinas. Não considerava isso nem bom, nem ruim. Considerava espantoso. Eu já era uma leitora madura e sabia que esse é um dos milagres da escrita literária, um homem poderia escrever maravilhosamente bem acerca de uma mulher e vice-versa.

O problema estava no pequeno número de mulheres publicadas, ínfimas menções a escritoras nos cânones, nas listas de clássicos, no Nobel. Disposta a mudar isso, abracei Clarice Lispector, Cecilia Meirelles, Lygia Fagundes, Victoria Ocampo, Alexandra Pizarnik, Rosario Castellanos, Virginia Wolf. Esta última pus ao lado de Borges. Sim, agora tinha também uma ídola. Muitos anos depois, revivi esse sentimento de assombrosa ausência com as escritoras negras. Fiz a mesma pergunta: como deixei tudo isso passar? Como ainda não havia lido Maria Firmina dos Reis, Carolina Maria de Jesus com toda sua potência narrativa? Não tem uma resposta fácil, mas o ocultamento é uma delas.

Uma vez, fui colaboradora em um jornal mercantil que, aos sábados, brindava seus leitores com um bom suplemento literário. A encomenda era redigir perfis biográficos de escritores hispano-americanos. Vibrei! Afinal, havia lido muitos deles e era só uma questão de pesquisar os detalhes de cada escritor no Google e enfiar meus dedos nas teclas. Depois de meia dúzia de escritores, me perguntei: cadê as mulheres? Se tenho a prerrogativa da escolha, por que só estou me dedicando aos escritores homens? É evidente que me senti desconfortável. A resposta veio cristalina: escrever perfis de escritoras mulheres dava muito mais trabalho, pois havia muito menos dados, referências etc. Idem para as escritoras negras comparadas às brancas. É a realidade.

A realidade naquela casa só de mulheres era que o cotidiano fluía com enorme prazer. Reproduzíamos o lema francês: liberdade, igualdade, fraternidade. A casa funcionava como uma caixa-forte que protegia nosso estilo de vida e nossas preferências. Foi uma experiência totalmente demais. Mas como escreveu o sábio Machado de Assis: "Tudo acaba, leitor". E a nossa casa, naquela configuração mágica, acabou!

Minha namorada e eu decidimos, antes de descobrir onde iríamos morar, botar mochila com pó de guaraná nas costas, tênis nos pés, "Guie de Routard" na mão e empreender uma grande viagem pelo nosso continente. Uma viagem-raiz, sem aviões, por terra. Uma viagem sem data marcada de retorno. Mais uma vez, iríamos trocar de fase.

que tal um romance

Uma das minhas irmãs me disse hoje que yanomami significa "o povo que sustenta o céu". A viagem pelo continente foi um céu. Com a mochila nas costas, eu e minha namorada entramos e saímos de trens, comemos dezenas de tipos diferentes de milho, cruzamos fronteiras secas, pernoitamos em pousadas com banheiros coletivos. Em uma delas, o papel higiênico eram folhas de jornal caprichosamente dobradas. Mas e daí? Quando se é jovem não há desconfortos físicos. Há só a vida em fluxo.

Há os detalhes sentidos profundamente. Nessa viagem, um grande presente: montanhas altíssimas, cordilheira, alguns picos brancos de neve cutucando azuis. Mesmo tendo feito muitas outras viagens depois dessa, por outros continentes, outras culturas, outras ocasiões e épocas, minha mente sempre volta aos caminhos da mochileira, a certo encantamento que não foi superado por nenhum outro embarque e desembarque.

As histórias malucas que vivemos. Em uma capital, já ao cair da tarde, perguntamos a um sujeito se ele conhecia um hotel barato e próximo de onde estávamos.

Ele apontou com o dedo para uma esquina acima. Nos registramos e fomos passar a noite. Aí aconteceu que acordamos com um homem pendurado na janelinha do quarto nos espiando. Eu gritei: sai! Ele fez cara de sacana e desapareceu do nosso campo de visão. Assustadas trancamos a janelinha e decidimos pelo revezamento. Enquanto uma dormia, a outra ficava de campana.

No meu turno, caiu a ficha: nós estamos num puteiro. É claro que senti temor. Não das putas, mas dos homens que se servem das putas. Fazia um calor medonho, mais terrível ainda com a janelinha que trancamos. Não ousei sair ao corredor à procura de água. A sorte é que lembrei da latinha de coca-cola dentro da mochila. Então joguei o xarope açucarado e morno pelo meu corpo. No dia seguinte, bem rápidas, pagamos a conta e nos mandamos do puteiro.

Nesse mesmo dia encontramos um outro lugar, agora uma pensão de trabalhadores, eram costureiras, eletricistas, gente à procura de emprego. Às seis da manhã, já começava o barulho da descarga no banheiro coletivo, saíam todos. Só ficava o silêncio. Nós duas voltávamos então a dormir sem sustos nem ruídos. Depois, era cair no colorido das ruas, na diversidade dos rostos, no êxtase de enxergar tudo pela primeira vez.

A viagem durou nove meses e, em determinada altura, já previamente combinado, encontramos com a mulher que canta, aquela que eu conhecera no Encontro Feminista, e por quem me apaixonara. Daí, de casal, formamos um triângulo. Eu adorei! Em parte, por acreditar que a monogamia é uma invenção cultural, não tendo nada de biológica ou natural. Por outra parte, porque me excitava o encontro de três corpos na cama. Tinha coreografia mais complexa e era uma fábrica de fantasias. Devo confessar que fui eu quem forcei um pouco – bastante vai – o triângulo sexual. Não demorou muito para dar tudo errado.

Num entendimento tácito, decidimos que seguiríamos amigas, mas nada dessa história de três na cama. Ficaram só duas, eu e minha namorada. Escrevendo assim, parece que foi tudo fácil. Mas não para mim. Até hoje, velha que estou, gosto de assistir a filmes com triângulos perfeitos. Isto é, quando as três personagens se envolvem. No entanto dou a mão à palmatória: na vida real, fora da cabeça de roteiristas e da minha, triângulos perfeitos são feitos para fracassar.

Quando eu e minha namorada retornamos à cidade sem mar, muita coisa havia mudado e nós também estávamos mudadas. Eu voltei pesando 45 quilos (a marca mais magra da minha história). Sentia um incômodo ao perceber que, puxa, eu já tinha um passado na minha vida. Nós duas também compreendemos que, depois de quase um ano sem nos desgrudar, estávamos desejosas de um desligamento, por breve que fosse. Assim, fui passar um tempo na casa dos meus pais. Eles agora moravam em uma cidade do litoral.

Fui pensando: ah, o mar me fará bem, porque o mar sempre me fez bem. O mar é meu amigo, ele é quase um padre me esperando no confessionário. Eu paro em frente às ondas e começo a falar, não coisinhas triviais, coisinhas pescadas no fundo, muito além da superfície. Eu, de fato, faço confissões sinceras. Também faço perguntas sem esperar por respostas. Porque não sou louca e sei que o mar faz barulho, mas não fala. E, diferentemente dos padres, ele não dá penitências.

Minha mãe e meu pai viviam uma fase feliz e plena. Depois da anistia política e ter cumprido o restante dos anos de trabalho no banco, papai se aposentou. Mamãe pediu demissão na butique da rua rica no bairro rico da cidade sem mar. Compraram uma casa no litoral sul e, pela primeira vez em suas vidas, passaram a fazer o que lhes dessem na telha. A telha do papai, sem surpresa, era a política. Ele seguia tentando fazer a cabeça de quem o ouvia, tentando atrair quem não o ouvia para depois fazer a cabeça. Fosse como fosse, ele era um cara querido pela maioria e respeitado pelos adversários políticos.

A telha de mamãe era mais silenciosa, ela nunca julgou as pessoas por opiniões políticas. Levava a sério o fundamento democrático do direito ao voto secreto, isto é, ninguém precisa declarar em quem irá votar. Para ela, antecipando-se a uma tendência atual, tanto fazia se sicrano era de direita ou de esquerda. Não era uma régua. Ela ia com o santo da pessoa ou não ia. E ponto final.

Frases que nunca ouvi de mamãe: o que você está pensando? Ela grudava como imã no presente: o que você está fazendo? Já meu pai grudava o olho no futuro: o que você vai fazer? Quais as perspectivas? Os dois formavam um casal que dava certo, o feijão e o arroz. O concreto e o abstrato. A prosa e a poesia. Eu compreendia mais a cabeça do meu pai do que a da minha mãe. Eu tocava fisicamente bem mais em mamãe do que em papai. Ela encorajava o toque. Ele não.

Pelos quase trinta anos que os dois moraram no litoral, o ponto alto das minhas visitas éramos os três caminhando na praia para assistir ao nascer do sol. Um ritual familiar-épico. Na véspera, papai pesquisava a que horas o sol nasceria, punha o despertador, passava o café e nos acordava: vamos, vamos, senão a gente perde! Íamos contentes, mãe, pai e filha, pela areia da praia e, de repente, saía do mar o sol.

Numa dessas caças ao sol despontando, eu contei para os meus pais que ia começar a escrever um romance. Um texto bem longo com personagens, ações e comoções. Seria o meu passaporte para a escritora que eu queria me tornar. Não mais uma escriba de caderninhos ou de diários de viagem. Nada de perder tempo me inscrevendo em concursos de contos. Nada de ser jornalista, se eu podia ser autora. Nada de artesanato, se podia ser artista.

Ok, não tinha virado a grande diretora de cinema, quem sabe me tornaria a grande escritora? Hoje, e só hoje, penso que essa história de querer ser uma famosa cineasta ou escritora tinha a ver com a expectativa de que os dois me percebessem grande. Olhem para mim, a grande coisa, filha de vocês. Não consegui nada disso, mas na época ainda acreditava.

Um romance, gênero superlativo na literatura. Romancista soava muito mais champanhe do que contista, cronista. O curioso é que a vontade de escrever um romance surgiu ao mesmo tempo em que contei para os meus pais. Não falaram nada, me presentearam, uma semana depois, com uma olivetti lettera 82, verdinha. Cadê ela? Puxa, me desfiz nem lembro quando, me arrependo imensamente. Mamãe perguntou: você vai contar o que no livro? Vou inventar uma mulher, respondi. Talvez seja uma patologia rara: a decisão de escrever um romance, a comunicação dessa decisão, o nascimento da história no mesmo momento. E por incrível que pareça, por mais frágil que tenha sido o diálogo na praia, eu escrevi pelos dez anos seguintes o meu romance.

Ao nos mudarmos para uma nova casa, minha namorada – agora eu a pensava mais como minha companheira – mergulhou no trabalho. Ela se entregou à produção de vídeos de uma forma obsessiva. Quando eu despertava não tinha ninguém ao meu lado. No começo, eu me sentia perdidinha da silva. Mas fui tentando me encontrar nesse novo jeito em que estávamos. A casa atual seguia no modelo república. Não era mais só de mulheres, um dos moradores era um amigo jornalista e motociclista.

A outra amiga que havia encontrado primeiro a casa, era uma mulher surpreendente no pensamento e nas ações. Ah, tinha também a filha dela, uma adolescente totalmente adolescente. Sempre havia hóspedes, gente chegando e saindo. Eles funcionavam como correios contando novidades, ora de outras cidades, ora de outros países. Faz uns trinta anos que essa casa foi ao chão. No lugar, ergueram um flat.

Nós duas ocupávamos um quarto que ficava no nível da rua. Eu pus a mesa de trabalho em frente à janela, diretamente para a calçada. De manhã até a noite, martelava nas teclas da olivetti lettera 82 os primeiros capítulos do romance. Dizem que escritores são afeitos a alguns fetiches. Não sei se é verdade para todo mundo. No meu caso sim. Eu não gostava de datilografar em papel sulfite, desse que a gente compra em papelarias. Como nessa época vivíamos sob o império de Gutenberg, havia profusão de folhetos, pequenos cartazes apenas com uma face impressa.

Pois eu tinha a pachorra de catá-los pelo bairro para poder datilografar no verso em branco. Me divertia com as gramaturas, as cores e as superfícies ásperas, lisas, opacas, brilhantes. De alguma maneira, isso parecia me inspirar. Comecei a redação do romance sem a mínima ideia de qual seria a trama e, principalmente, de como seria o final do livro. Eu escrevia como um barco à vela, permitindo que meus dedos nas teclas me levassem ao sabor do que surgisse a cada momento.

Não era o método vômito. Não era uma escrita desleixada. No fundo era uma escrita bem mais formal do que a que uso agora para contar essas histórias para você. Eu deixava que a trama se cerzisse sozinha, mas fazia o possível e o impossível para controlar "a forma de dizer as coisas". Controlar cada palavra dentro da frase. Olhava para o escrito, e perguntava: está fácil? Pois então vou torná-lo difícil. Isto é, eu revisava mais do que o Balzac fazia, na gráfica, antes de um livro seu entrar no prelo. Analisando hoje, com enorme distância, mais do que escritora, eu era candidata a luthier.

Antonio Stradivari, no século 17, acreditava que o tipo de madeira, os entalhes do tampo, o fundo, as cravelhas do violino faziam toda diferença na emissão dos sons, na sonoridade harmônica. É claro que não me comparo ao mestre artesão. Mas eu professava com veemência que uma boa história só surgiria de uma excelente forma. Na prática: começar e concluir um parágrafo do romance exigia dois ou três dias inteiros de trabalho.

Aquele quarto, quase um porão da casa, foi também um templo de concentração. Além da máquina de escrever, eu ganhei dos meus pais um aparelho de som "três em um" da JVC. Tinha um som maravilhoso comparado aos padrões de hoje, em que todo mundo ouve uma sinfonia no celular e fica agradecido e encantado, mesmo com uma raquítica qualidade sonora. Não, o som que eu ouvia era para orelhas grandes. Ao lado do romance, amadureci minha jornada de ouvinte de música clássica. Da melhor estirpe, por isso mesmo clássica. Dentre tantas, "Stabat Mater", do Giovanni Battista Pergolesi, foi a música de fundo na infância do meu romance.

Então imaginemos a cena: a escriba martelando teclas em frente à uma janela que dava diretamente para rua, ouvindo as vozes do "Stabat" no último furo. Essa situação não impediu que, numa tarde, dois sujeitos fortes e enfezados parassem no peitoril da janela e me intimassem: queremos ver a licença de funcionamento. Não entendi. Perplexa perguntei: qual licença? A licença do seu negócio, responderam. Na mesma hora saquei, esses caras são fiscais, estão achando que eu sou uma contadora, querem me extorquir. Enchi os pulmões e disse: o que é isso? Eu sou uma escritora. Precisa pagar imposto para escrever um romance? Eles se mandaram caladinhos.

Apesar da mesquinharia do cotidiano, da rua sem charme, da visita dos fiscais, da minha solidão, o quarto semelhava ao mito da torre de marfim, espaço de privilegiado isolamento no qual eu escolhia, a gosto, os elementos de inspiração. Minha companheira saía cedo e voltava muito tarde. Tocávamos bem na cama, mas mal trocávamos os fatos do dia. Ela fazia vídeo; eu, literatura. E a vida se fazia a si própria.

Um domingo amanhecendo, ao abrir a porta do quarto, dei de cara com uma pomba morta. Saiu de mim um grito de horror. Pássaros me dão medo, pombos me causam pânico. Então esse encontro com a pomba morta, com as asas abertas e olhos vidrados, acendeu a luz amarela. Era preciso mudar meu cotidiano. E seguindo o padrão, eu mudaria por dentro também. Mudar foi sempre o prato principal da minha mesa. Surgia como se fosse além e apesar de toda circunstância. Para mim, a mudança nunca significou que algo estava ruim e, portanto, precisava ser transformado. Não. O desejo da mudança surgia mesmo quando tudo estava bem. Talvez uma insatisfação crônica?

Eu seguia burilando e bolinando as frases poéticas do meu romance, ouvindo sinfonias no som das caixas, catando milho nas teclas da olivetti, lendo contos do Borges e da Clarice Lispector. Aconchegada no meu laboratório de letras. Mas o que insistia em existir, fora da minha mente, era a parte do meu aluguel a vencer, maços de cigarro e alguma comida a comprar. Vivia a contradição entre o mundo do fazer o que eu quero e o mundo do trabalho remunerado. Eu sabia que jamais procuraria um emprego fixo. Jamais confinaria oito horas da minha jornada em um escritório, sala de redação ou coisa parecida. Essa certeza se tornou uma convicção de vida.

Tanto que cheguei até aqui, com exceção da breve passagem como revisora de jornal, e outra breve estada em uma emissora de TV, sem nunca ter tido emprego fixo, carteira assinada, férias, fundo de garantia e outras obrigações e direitos. Mas, naquele momento, eu tinha um problema de sustentação e corri atrás de uma solução que estivesse fora, muito fora, dos empregos formais. A saída apareceu, com uma ajudinha da minha companheira, escrever roteiros para vídeos. Foi a oportunidade de juntar os conhecimentos vividos na Escola de Cinema com a minha habilidade verbal.

Não morri de felicidade. Porque na escrita literária eu era dona de tudo. Era a fornecedora e a cliente ao mesmo tempo. Já como roteirista eu não escolhia o tema e tinha clientes. Ter cliente significa escrever para agradar alguém! Isso faz uma diferença incrível. Na escrita do meu romance, eu escolhia usar palavras e construções propositalmente difíceis, eu não estava comprometida com a comunicação, encarava a coisa toda como arte.

vai trabalhar, vagabunda

Como roteirista, eu precisava usar palavras mais simples, ordem direta nas frases, descrições claras, diálogos inequívocos. Ou seja, o principal compromisso era com a comunicação. A equipe de vídeo tinha que entender, o público final também. Puxa, havia três clientes: diretor, equipe e público. Desafio árduo, mas encarei. Paguei aluguel, comprei comida e cigarro e escapei do trabalho fixo. Nessa época, gente como eu era chamada de freelancer. Não tinha o charme do empreendedor nem o status do profissional liberal. Era só freelancer – aquela que oferecia eventuais trabalhos para eventuais clientes. Fez, recebeu, tchau.

Quando virei roteirista, o ambiente havia mudado, outra casa no mesmo bairro da zona oeste. Era um sobrado típico dos da cidade sem mar, discreto na arquitetura e nas cores. Morávamos ainda no modo coletivo, mas agora com outras amigas. Todo mundo, pertinho dos 30 anos, trabalhava para valer. Havia também mais estrutura. Eu tinha um quarto de escrita. Empilhei caixotes sobre caixotes. Todos lixados e bem ordenados. Neles estava minha biblioteca, cada vez maior e com mais qualidade. Comprei uma mesa grande, dei para ela o nome de Barco. Passava horas e horas navegando meu romance nas teclas e batucando roteiros que começaram a chegar para valer.

A máquina já não era a Olivetti Lettera 82, agora era uma Praxis 20, também Olivetti, só que elétrica. Tinha um design italiano lindo e o resultado da impressão das letras na folha era impecável. Ela foi mais um presente de mamãe e papai. Na época não enxergava, mas hoje vejo que esse era o jeito deles mandarem o recado: estamos ao seu lado, sempre. Meus pais contribuíam com as ferramentas para que eu continuasse na louca vida de escriba em que havia me metido. Estamos ao seu lado, sempre. Eu devolvi essa frase, ao menos para o meu pai, no momento mais frágil de sua vida. Ele, na cama do hospital, uma semana antes de ir embora, disse: não quero ficar só. Então respondi: pai, estou ao seu lado e não vou para lugar nenhum.

Já a despedida da minha mãe foi silenciosa. Na cama de hospital, ela não emitia som. Como canta a canção de Adoniran Barbosa: silêncio, é madrugada. Ela havia entrado na última madrugada. Mas estávamos lá, juntas, como estivemos por toda a vida. Eu segurava com toda força sua mão esquerda. Perguntava e perguntava silenciosamente: como, mãe, vou viver sem a sua mão, sem este tato, sem este calor? Como viver depois de você? Eis o que ainda estou aprendendo, um dia depois do outro, uma frase depois da outra. Insistindo por aqui. Talvez para escrever este parágrafo, este livro que ora você lê.

Alguns anos atrás, passei pela rua do sobrado. Procurei a janela do meu quarto de trabalho. Adivinha? Não tinha janela nem quarto nem casa. Tinha um prédio residencial. Eu sou a única, entre meus amigos, que não reclama da verticalização acelerada da cidade sem mar. Se as pessoas insistem em ter filhos e teimam em viver muito, me parece lógico que elas terão que morar empilhadas. Se em uma casa média moram cinco pessoas, em um prédio médio caberão umas cento e cinquenta. Não entendo como seria possível mudar esse desenho, então nem discuto. É o fluxo da urbe. Mas isso não impediu minha comoção ao ver um pedaço do meu passado debaixo do asfalto.

Falando em casas submersas, outro dia, tive uma conversa interessante com o porteiro de um restaurante japonês, um sujeito mais ou menos com a minha idade. Saí para fumar e parei perto dele. Bem na nossa cara, do outro lado da rua, vi uma casa com jardinzinho na frente e imaginei que talvez ela tivesse atrás um pequeno quintal. A casa está emparelhada por dois prediões envidraçados, com varandas gourmet. Comentei com o porteiro: essa casa ficou sozinha...

Ele concordou com a cabeça. Enquanto eu inalava o tabaco, passamos a divagar acerca das mudanças na cidade e evoluímos para as novidades digitais, os aplicativos, as inteligências artificiais, as fakenews. Quando dei o último trago, ele apontando para a casa disse: feliz de nós que pudemos viver um pedaço daquele outro mundo, antes de cairmos neste.

Nesse tempo anterior de mundo, minha vida de roteirista foi dando bem certo. As pessoas gostavam da minha entrega, até elogiavam. Muitas me chamavam de novo, me indicavam. Era bom? Era. No entanto escrever roteiros e escrever literatura aprofundou uma divisão interna, criou um inferno na terra, uma confusão nos meus dias e noites. Escrevi diários por décadas. Quando dou uma espiadela, sempre ao léu, encontro o retrato da tortura, eu tecendo elogios à literatura e reclamando da redação de roteiros. Hoje compreendo: eu nunca quis ser roteirista, sempre quis ser uma escritora livre.

Só que me pagavam para ser roteirista e ninguém pagava para uma escritora livre. Porque liberdade e pagamento são água e óleo na frigideira (espero que um dia isso mude). Eu não saía por aí dizendo que não gostava de fazer roteiros, não ia cuspir no prato em que comia. Também é verdade que alguns roteiros me deram o prazer da escrita. Pois, se eu tinha preguiça com a parte técnica de descrição de imagens e sons, adorava escrever para a voz off, a voz fora das imagens, que a piada chama de "a voz de Deus". Roteiros com narração eram os meus preferidos, porque aí a roteirista construía um texto. Eu entrava de sola. Eu fazia o gol.

Não ter clareza do que se quer ou do que se pode é o caminho mais curto para perder oportunidades. Se você se enxerga nublada, os outros também a enxergarão assim. Se você se pensa vulnerável, será tratada como vulnerável. É da natureza humana. Foi por falta de clareza que desprezei propostas mais ousadas de roteiros, porque eu me dizia: mas eu não sou roteirista. Ao mesmo tempo, apostava todas as fichas existenciais no sucesso que meu romance teria quando publicado. Chegava a vê-lo nas vitrines e gôndolas das mais afamadas livrarias. Tinha certeza de que haveria o reconhecimento.

Foram anos acordando às cinco da manhã para escrever o livro e, depois das onze, enfrentar as demandas dos clientes de roteiros. Repetia o modelo do meu pai. Se ele acreditou por toda vida que os trabalhadores venceriam os patrões e o mundo novo tomaria o lugar do velho, cabia a mim, a filha, acreditar que minha escrita literária teria sua vez e sua hora. Tudo parecia se resumir à persistência: sangre a gengiva para valer, mas não largue o osso.

No entanto, teve uma oportunidade que não deixei escapar. Fui convidada para dar aulas de roteiro em uma prestigiosa escola para profissionais. Excitante, pois se tratava de um dos primeiros cursos de produção de vídeo. Fazer audiovisuais era a coqueluche da época. Atente para o contexto, não havia internet, muito menos celulares. Então tudo exigia muito estudo e muito trabalho. O curso de roteiro para vídeo abarcava as técnicas e os conteúdos. Lá fui eu pondo teorias e invenções na cabeça de alunos completamente interessados. Na estreia como professora, tive que dar a aula sentada, porque eu tremia. Como vara verde mesmo. Nunca tinha feito, e nunca ninguém tinha me ensinado a dar aulas.

Então aconteceu uma mágica. Em dois meses, eu entrava na sala de aula como alguém subindo num palco. Percebi que era fácil para mim. Porque eu gostava, porque posso ser extremamente didática. Foi o despertar de um talento. Eu aproveitei esse talento didático até há pouco tempo, até o tempo em que decidi parar com tudo e me dedicar a essa escrita que você está lendo. Mas ensinar é algo que adoro. Se a vida oferece, lá estou didatizando seja o que for. Hoje minhas alunas informais são as atendentes da padaria onde tomo o café da manhã. Qualquer pergunta delas eu transformo em uma resposta dissertativa. Às vezes desconfio que elas devem rir pelas minhas costas. Não me importo.

O sucesso como professora de roteiro não foi só mérito meu, é claro. Teve a ver com ser um dos primeiros cursos de produção de vídeo. Tudo que é primeiro traz coragem e alegria. É filhote e somos mais generosos com filhotes. Também não tem a obrigação da comparação nem o peso da tradição. As pessoas envolvidas, coordenadores, professores, alunos, funcionários, sentiam que estavam inaugurando alguma coisa. Isso deixava todo mundo mais ou menos feliz.

Meio parecido com a paixão inicial por uma pessoa. Tudo fica com ar importante: tomar um sorvete juntas semelha ir ao teatro na estreia de uma ópera. Ora foi só um sorvete, mas que sorvete... que sabor... No futuro, voltaria a experimentar a volúpia de começar e, também, constatar minha dificuldade com as coisas estabelecidas, mesmo quando corretas, comprovadas. Não inovar é flertar com o tédio.

Assim ocorreu quando o curso Produção de Vídeo se acomodou, isto é, encontrou uma formatação ideal e estática. Eu olhei para os lados e me perguntei: onde está a saída de emergência? Na verdade, foi mais ou menos assim, mais para menos, pois nada é exatamente do jeito que a gente escreve que foi, mesmo porque já foi. Decidi me mandar ao perceber que dar aulas de roteiro parou de fazer sentido. Lembro que minha última aula foi no período da tarde, lembro que chovia muito na cidade sem mar, lembro que olhei para minha turma de alunos e pensei: acabou. E sempre que digo acabou, sinto um alívio monumental.

A casa nova tinha as portas abertas. As amizades agora eram internacionais. Vinha gente de países vizinhos, gente de além-mar. Tivemos uma hóspede australiana com mais de dois metros de altura. O arbusto que havia em frente à casa ficava nanico ao lado dela. Sua pele era branca como nata de leite e seus olhos eram cor do céu despejado de nuvens. Eu a observava com igual surpresa com que meus antepassados indígenas podem ter observado os portugueses das caravelas.

Aí veio mais um Encontro Feminista, o terceiro. Findo o Encontro, algumas mulheres deram um tempo lá em casa antes do embarque para os seus países. Para a roteirista não desandar o roteiro da própria vida, eu me apaixonei por uma mulher do norte do continente. Preciso explicar? Talvez não, mas aí vai: eu e minha companheira nunca consideramos que estávamos dentro de um casamento. Ao menos dentro do modelo tradicional de casamento, que abarca ser fiel, jantar com sogros, tentar formatar a outra parte. Também não teorizávamos sobre casamento aberto, amizade colorida e coisas parecidas.

Estávamos deixando a vida rolar e acolhendo as emoções. Nós nos permitíamos. É claro que a vida não é um filme em que a gente tenta encaixar os nexos para que no final o público saia satisfeito com a resolução. A vida pode até ser um filme, mas não sabemos direito qual sequência sucederá àquela que estamos vivendo. Na real, houve complicações, pois minha companheira estava ficando de saco cheio de ter um coração errático ao seu lado.

Respirei o mais fundo que pude, confusões emocionais soavam como feijão e arroz no meu prato do dia. Convivia com a fenda entre escrever o romance e escrever roteiros, entre o grande e o novo amor. Não contava com a solidariedade de ninguém. Semeava a fama de infiel e colhia julgamentos negativos de várias amigas. Isso doía e eu não sabia direito como navegar na situação.

Eu não queria abrir mão de mim e nem dos meus encantamentos. Egoísta? Com certeza. Alguma coisa a acrescentar a meu favor? Sim, a crença profunda na transparência. Na minha cabeça o pensamento funcionava assim: infiel não é quem ama a mais, é quem esconde os amores. Ou talvez eu estivesse ciente de estar em um risco calculado, vivendo uma aventura com fim pré-datado. Eu sabia que a mulher do norte do continente tinha a passagem comprada para o seu país. Ela embarcou e a história desse amor terminou.

Alguns anos depois dessa casa, dessas histórias, eu finalmente pus o ponto final no romance e preparei uma dúzia de cópias para despachar. Enderecei os pacotes para as melhores editoras da cidade sem mar e da cidade com mar. Enquanto aguardava respostas, voltei a sonhar com vitrines e gôndolas nas livrarias, com as resenhas inteligentes e elogiosas que meu livro merecia. Abram alas para a incrível escritora passar. Ou como dizia mamãe, citando Camões: "Cessa tudo o que a musa antiga canta, que outro valor mais alto se alevanta". Havia chegado o meu grande momento. Momento que compensaria a carga incrível de trabalho, as horas roubadas do sono e do lazer. Enfim, todo o meu esforço seria recompensado. Bem mais do que isso: seria festejado. Eu me embalava na canção da banda Blitz: "Estou a dois passos do paraíso e talvez eu fique por lá".

Nenhuma editora se interessou pela minha obra-prima. A maioria nem sequer respondeu. Uma delas, sim, fez a gentileza de escrever uma carta elencando argumentos do porquê não o publicaria, finalizando com "quem sabe um outro livro em futura oportunidade". É claro, houve um editor que tentou me encorajar: talvez você deva dividir seu livro em parágrafos menores e, por favor, pare de apresentá-lo como um romance, porque não é um romance.

Senti que desceu o pano sem que peça nenhuma tenha sido apresentada. Só ficou o gosto do drama para mim. Dei uma cópia para os meus pais que reagiram com silêncio. Distribuí outras para alguns amigos, que devolveram com obrigado e mais nenhuma palavra. Um conhecido, que insistiu em ler os originais, mandou recado: se eu fosse você revisaria tudo. A verdade verdadeira é que o livro não funcionou, não pegou. Justiça, meia dúzia de leitores gostaram muito. Entre eles, o ex-namorado de cabelos caramelos. Oh, vida!

Pondo os óculos do tempo, enxergo uma certa exageração no drama em que mergulhei. Meu romance não é uma obra-prima. Ele é bom, sigo achando. Porém não é a última coca-cola do deserto. As editoras usam muitos outros filtros, além da qualidade textual, para avaliar os originais que chegam para elas. Eu era e continuo sendo uma ilustre desconhecida. Nada em mim oferecia um gatilho para o marketing, para a divulgação.

Quem imaginou o sucesso do meu livro fui eu, com uma expectativa exacerbada. Ter me confundido com o que eu escrevia foi um erro. Não um errinho de jardim de infância, foi um errão gigantesco, pois senti a rejeição ao livro como uma rejeição a minha pessoa. Plin, plin, velhos padrões me revisitaram. A rejeição ao meu caderno escolar, vivida décadas antes, no primário, tocou a campainha.

Entrei em descida vertical, tive síndrome de pânico. Tudo me ameaçava, nada me consolava. Não esperava por esse fracasso. Fácil, fácil, quando a gente olha para a situação com trinta e tantos anos de distância. Porém há uma dor que senti lá que insiste por aqui. Não é uma dor evidente ou exibida. É uma dor que só sinto quando ela é cutucada. Agora que escrevi essa passagem, cutuquei, então está doendo.

Sem a glória do que prometia minha estreia na literatura, mergulhei para valer no ofício de roteirista. Imaginava que roteirizar era uma espécie de prêmio de consolação. Repetia para mim mesma: roteirista também é escritora, ora! Diversifiquei, além de roteiros para vídeo, escrevi para tevê e para filmes. Mas, ai que teimosa, sentia uma pedrinha dentro do sapato.

Eu não trabalhava feliz, às vezes, chorava. Não em cima da máquina de escrever. Havia evoluído para um teclado, um monitor de fósforo verde e uma CPU maior do que um micro-ondas. Como se dizia na época, me informatizei. Tal facilidade ajudava na parte braçal da escrita, porque escrever é trabalho braçal, viu? Tem gente que acha que é atividade etérea, mental, romântica até. Nada disso, escrever é escravidão. Ouço a vozinha: então por que você se submete? Porque amo essa submissão voluntária ao prazer de pôr e dispor uma palavra depois de outra e de outra e de outra.

A vida de roteirista foi sustentável até o dia em que, apresentando um roteiro para uma cliente, deputada de esquerda, entrou no seu gabinete uma mulher um tanto esbaforida e, ao mesmo tempo, com cara satisfeita. Ela me ignorou e entregou para minha cliente um pacote pesado e falou: olha, a publicação chegou da gráfica, quentinha. Creio que o resultado está muito bom. Tem tudo aí, textos de especialistas, depoimentos de usuários, citações bacanas. Tudo bem editadinho.

Então ela abriu o pacote e tirou um exemplar. Eu meti o olho e me deleitei com um parágrafo embaixo do outro e do outro. Iluminei: puxa! Por que eu não faço isso? As pessoas pagam para alguém escrever cartilhas, folhetos, manuais e até livros. Já que não dá para matar os clientes, talvez dê para mudar o gênero da minha prosa. Pronto. Naquela sala, naquele instante, morria a roteirista profissional.

pena de aluguel

Já contei que minha mãe foi a figura mais alto-astral que conheci. A alegria dela estava ligada à maneira peculiar com que ela lidava com o cotidiano. Não é que ela ria o tempo todo, ou ficava vinte e quatro horas feliz. Nada disso, muitas vezes presenciei mamãe chorar, vi tristeza no fundo dos seus olhos. A maior tristeza nos seus olhos foi quando perguntei se ela estava se esquecendo das coisas. E seu olhar disse: sim. Mas isso iria acontecer muitos anos depois da cena que conto agora. Logo que me transformei em uma Pena de Aluguel, profissional que vende suas habilidades de escrita, fui contratada para redigir um catálogo de uma doceria.

Minha primeira encomenda consistiu em descrever o chantilly e o moranguinho com palavras mais gostosas do que eles mesmos. Mas como era nova na profissão, não sabia nada de como cobrar. Então na hora que entreguei o texto final do catálogo da casa de doces, o dono do bufê resolveu assim: muito bem, vá lá no mostruário e pode escolher a torta que você quiser. Desconcertada e muda, apontei para a torta de nozes banhada a chantilly. Fui para o apê, onde agora morava, mamãe estava de visita. Entrei pisando duro, furiosa. Contei para ela, com indignação, como o cliente havia pagado meu trabalho. Minha mãe olhou cuidadosamente para a torta de nozes: não fique nervosa. Vamos comer, tem cara de deliciosa.

Não foi simples a passagem da roteirista para a pena de aluguel. Teve um hiato de tempo. Porque as pessoas me conheciam como roteirista, um carimbo difícil de apagar. Nos dias atuais, tenho costurado e bordado para acessar a atenção plena e, a partir daí, transitar por estados de fluência. Estou no comecinho da coisa. No entanto já percebo que uma grande inimiga da atenção, da transformação propriamente dita, é a programação anterior do nosso cérebro. Tudo aquilo que está plenamente sedimentado. Difícil de mover. As pessoas acostumam pensamentos: fulano é bancário. Aí vira enfermeiro e ouvirá por muito tempo: mas você não é bancário? Olha, nunca imaginei você dando injeções.

Por mais que explicasse que agora eu escrevia textos para a página, as pessoas insistiam: você escreve roteiros, né? A consequência foi que fiquei no freezer, pegando apenas trabalhinhos como o do catálogo da doceria. Foi nessa janela que a urgência de escrever um segundo livro deu as graças. O trauma da rejeição ao meu romance ainda latejava. Decidi que o segundo livro seria o primeiro pelo avesso.

Sem malabarismos formais, sem a água toda da narrativa do romance. Esse seria terra e terra. Os parágrafos longos do primeiro abriram passagem para parágrafos curtíssimos. O gênero? Microcontos. O tema? A ditadura militar iniciada em 1964 e perpetuada por mais de duas décadas. Não escrevi acerca do fato histórico em si. Mas as suas consequências na vida de algumas pessoas comuns. Como eu.

Até hoje não sei se o resultado ficou bom. Mas gostei de escrevê-lo. Levei três meses, ao contrário dos quase dez anos do primeiro livro. E acertei na suposição de que era um texto bem palatável. Fácil de ler. Pois esse livro teve duas edições, dois lançamentos. Muitos amigos me prestigiaram. Depois de uma edição autoral, com diagramação elegante de uma querida amiga, uma famosa casa editorial se interessou. Ufa! Publicou, lançou, pôs à venda. Será que finalmente eu entrava no melhor dos mundos? Corri para contar para papai e mamãe: puxa! Dessa vez viro escritora, dessa vez é verdade.

A verdade é que não aconteceu nada. Nada do que eu esperava que acontecesse. O livro teve uma única resenha, negativa. Também uma jornalista, diretora de redação, dessas com texto maravilhoso, pediu para ler e, quem sabe, publicar uma nota na revista que comandava. Não rolou, ela justificou: acho que você pegou leve com os militares, com nossos inimigos. Mas teve outra mulher, uma feminista completamente de esquerda, presa e torturada na ditadura, que não só gostou do meu livro, como ajudou no lançamento. É, a vida não é em preto e branco.

Até hoje não sei quantos exemplares foram vendidos. A importante casa editorial nunca prestou contas. Estou sendo injusta, numa manhã recebi uma caixa elegante de bombons, com um cartão fofo assinado pela dona da editora. Comi todos os bombons, um depois do outro, mastigando com raiva. É claro que me recordei da torta de nozes. Ruminei: então a recompensa pelo meu trabalho de escrita é engordar? Brincadeirinha. Minha casca estava mais grossa; dessa vez, não mergulhei no pânico do fracasso. Mergulhei no fatalismo: é assim mesmo.

E se é assim mesmo, bora ajudar ideias alheias aterrissarem no papel. Bora tornar longas frases acadêmicas em curtas mensagens legíveis. Bora aprender com quem sabe com profundidade, mas não consegue transmitir esse saber com o necessário sabor. Fiquei bem com o ostracismo do segundo livro. Mentira. A verdade é que estava tranquila na razão, mas bem malzinha na emoção. Na época, e por muito tempo, não soube como resolver a história de tudo bem na razão, tudo péssimo na emoção. Daí, enrijeci por dentro. Por fora eu era um ser legal e sociável, distribuía bom dia, boa tarde, boa noite. Por dentro, um pão bolorento.

Pelas duas décadas seguintes, como pena de aluguel, aprendi uma incrível cesta de temas. Virei aquela pessoa que, na mesa de bar com amigos, é capaz de discorrer, ao menos por dois minutos, acerca da maioria dos assuntos em voga. Uma supergeneralista. Porque a cada trabalho eu pesquisava muito, precisava entender para depois escrever. É verdade também que, entregue a versão final, eu esquecia de grandes partes do tema.

No novo ofício, virei especialista em parafusos, todos os seus tipos e funções, por um mês. Também descrevi e relacionei todos os instrumentos de uma orquestra. Ao menos por três meses, se alguém me convidasse a palestrar acerca de violinos, fagotes, pianos, violoncelos, eu não passaria vergonha. Melhor, não envergonharia a audiência. Ou seja, fui me tornando ilustrada. Apesar da mágoa de escritora não publicada ou publicada sem sucesso, eu colhia prazer na redação por encomenda. Por mais banal ou complexo que o tema fosse, eu trabalhava com esmero.

Vale lembrar que, desde aquela letra H muda desenhada pela professora no quadro-negro, eu sentia prazer em escrever qualquer palavra. Então, se outros penas de aluguel viam nosso ofício apenas como meio de pagar boletos do mês, eu arrancava arrepios estéticos no meu trabalho. Sempre fiz isso na vida, presto atenção plena ao redigir um bilhetinho para mim mesma.

Exemplos, separo com ponto e vírgula itens da lista do supermercado, uso "post scriptum" (P.S.) nos comentários em redes sociais. Por que isso? Porque qualquer espaço é oportunidade de estender, no varal, a língua. Se não houvesse telas e papéis, eu escreveria em pedras, se não houvesse pedras, escreveria na areia, se não houvesse areia, escreveria no mar. Gente, eu acredito que a letra H não é muda. Ela apenas finge.

Ouvi de uma cliente: as pessoas te procuram porque você é boa e barata. A parte "você é boa" me envaideceu, já o "barata" me enfureceu. Antes de ouvir esse comentário, eu tinha trilhado bons anos como pena de aluguel e subido alguns níveis. Não trabalhava mais doces, parafusos. Nem escrevia mais frases para cartões de aniversários, casamentos, amores. Digo de passagem que adorei a encomenda dos cartões.

O cliente era dono de uma gráfica um tanto obscura em um bairro distante. Ele me mostrou o projeto dos cartões e disse: preciso de alguém que escreva as frases que acompanham as imagens. Tratava-se de uma série. Minha tarefa era completar: Viver é..., Amar é..., Você é..., Nosso namoro é... Para mim o desafio foi fio de navalha, usar o senso comum com um triz de charme. Nunca soube se o dono da gráfica gostou das frases. Ele pagou. Óbvio? Nem tanto. Tenho uma lista de calotes que levei. Gente que ainda me deve e talvez nem lembre mais que me deva. Mas eu lembro. Lembro também de ter encontrado um cartão com uma frase minha em uma papelaria no centro da cidade. Exultei.

Criar frases para cartões comemorativos foi melzinho na pena. Difícil foram os outros 95% do trabalho. A maioria das minhas clientes era conectada com ideais de mudar o mundo de alguma maneira e para melhor. Por uma época, trabalhei em publicações que tentavam combater o preconceito que pessoas vivendo com HIV-Aids sofriam. Aliás, foi na minha viagem de mochileira, anos antes, que me toquei do que estava por vir, ao ver a manchete, em letras garrafais, de um jornal pendurado em uma banca, com um bolinho de gente lendo: "Descoberto o câncer gay".

A epidemia da Aids foi uma travessia penosa, não apenas porque eu perdia pessoas queridas, mas porque desfazer preconceitos, tendo como arco e flexa palavras, é lento demais. É preciso escrever uma, duas, dez vezes a mesma coisa e embalá-la em alguma atração. E não havia muita atração. Era realidade pura. Antes da invenção de um coquetel de medicamentos antivirais, havia pouco o que fazer. O que havia era ver jovens amigos se desesperarem com o diagnóstico, definharem com a doença e, para a maioria, finito.

Chorei algumas vezes, porque eu tinha que escrever "pessoas vivendo com HIV/Aids", não podia variar para pessoas com HIV e Aids, tinha que ter a barra e o gerúndio vivendo. Havia também a obrigação do e/ou. E o infernal (a) acompanhando substantivos e adjetivos masculinos. O fato é que ao reler o texto final eu exclamava: meu Deus, este texto vai ser difícil de roer.

Uma coisa eu havia aprendido: leitores, em geral, gostam que as palavras e suas conexões cheguem da forma mais natural possível. Eles não gostam de fazer esforço. Mas minhas clientes não se comoviam: dane-se se o texto está difícil, ele precisa estar completo. Por isso eu chorava. Eu queria um texto completo, mas também que fosse lido. Caso contrário, qual o sentido da coisa toda?

É certo que os temas eram espinhosos e polêmicos: defender o direito das mulheres ao aborto, tendo os igrejeiros contra. Usar frases como "nosso corpo nos pertence", tendo os machistas contra. Racismo institucional, tendo os racistas contra. Combate ao preconceito contra lésbicas e gays, em uma época em que não havia paradas gays, arco-íris fofos e muito menos a sigla-ônibus LGBTQIAP+.

Antes da explosão das redes sociais, era bem difícil convencer gestoras e ativistas de que a comunicação só é comunicação se for simples e direta. Lembro a minha implicância particular com a complicada sigla: CEDAW. Ela significa "Convenção sobre a Eliminação de Todas as Formas de Discriminação Contra a Mulher". Siglas e nomeações gigantes pouco ajudam na difusão de ideários e ações tão relevantes. Meus argumentos eram, via de regra, descartados.

Junto a essas dificuldades vinha a barreira do politicamente correto, que é correto desde que não exagerado ou fundamentalista. É claro que não são só lamúrias. Com as minhas clientes de ONGs, universidades, prefeituras, institutos redigi e editei publicações bacanas, mais do que isso, publicações importantes que ajudaram a transformar vidas. Achava, e ainda acho, esse viés social da escrita bem relevante. Existe uma função didática que mora no DNA de qualquer texto para publicação, até neste aqui.

O telefone tocou (as pessoas ainda falavam ao telefone), uma amiga fez o convite: escrever enxutos perfis de "mulheres que fazem a diferença" para uma Agenda do ano 1999. Ela seria publicada e distribuída por uma grande empresa de cosméticos, em parceria com um Fundo Internacional de Fomento para Mulheres. Um perfil para cada mês, acompanhados com a foto da mulher perfilada.

Fiz a dupla com uma excelente fotógrafa e pusemos o pé e a imaginação na estrada. Também foi a oportunidade de trabalhar textos curtos, síntese total. Teve gente do projeto que não curtiu nada a pequena extensão. Alguém disse: acho que você tem preguiça de escrever. Essa ideia de associar qualidade a tamanho do texto ainda ilude muita gente. Mas o resultado do trabalho, com os perfis curtos, ficou muito bom.

A Agenda de perfis e fotos abriu asas para outro trabalho marcante, ser redatora de uma revista feminista, tendo como cliente o mesmo Fundo Internacional. Para esse trabalho contei com excelentes recursos para viajar, editar, imprimir. Fui bem paga! A revista me levou para dentro e para fora do país. Me levou também a um encontro amoroso com uma mulher, cujos olhos azuis eram um céu de brigadeiro, da qual me recordo com mais alegria do que tristeza. Verdade que, dessa vez, minha companheira sentiu-se profundamente ferida. Tomo para mim a responsabilidade.

Na jornada de pena de aluguel, teve outro encontro muito saboroso. Um filé mignon. Outra querida amiga perguntou: topa fazer perfis de guerreiras sociais para um livro? É claro que sim. Nessa altura eu tinha muita segurança em redigir perfis. Para conversar com mulheres incríveis que entrariam no livro, passei um ano viajando pelo país, entrando em aviões por estradas de ar, em barcos nos rios da floresta. O melhor de tudo, respeitando o limite de X caracteres, tinha liberdade para arranjar, como bem quisesse, as frases dos perfis.

Estava mais para jornalismo literário do que qualquer outro gênero. A entrevistada falava e eu ia pensando: isso dá uma ótima frase, já tenho o começo, agora tenho o final. Depois, é certo, tinha que digitar e conferir na tela, mas o perfil ficava pronto, inteirinho, antes de eu escrevê-lo. Ficar pronto, mentalmente, antes de pôr os dedos no teclado, foi um jeito que nunca mais abandonei. Este livro de agora, por sinal, só me animei a escrevê-lo, depois que ele apareceu de corpo nu e alma inteira para mim.

Houve um ganho paralelo aos perfis, me tornei uma cronista. A amiga que dividia, muitos anos antes, a mesa de revisora comigo, que conferia com todo cuidado a Cruz de Cristo e a Estrela de Davi, agora era editora de uma revista mensal, distribuída em colônias de férias de um grande banco. Coincidentemente o banco que meu pai tinha trabalhado, demitido e reintegrado com a anistia política. O convite era para eu escrever crônicas. Aceitei na hora.

Percebi que eu era uma boa cronista. Foi a minha vez de vencer o preconceito que considera a crônica um gênero menor, um gênero de entrada para escritores. Toda vez que a revista saía, mamãe, frequentadora contumaz de uma das colônias, exibia exultante minha crônica. Quando eu passava por lá, as amigas de mamãe e os amigos de papai perguntavam: você é a escritora? Eu respondia sim, com muita reserva. Que besta eu era!

Eu estava satisfeita? Estava. Quer dizer, mais ou menos. Porque eu mantinha uma pasta de arquivo secreta no meu computador. Tinha um título: Literatura. O que havia lá? Uma multidão de sinopses de contos a desenvolver, alguns contos feitos, e arroubos de histórias aqui e ali. Todos com a promessa: algum dia, algum dia. Mas não eram os dias que iam passando, eram os anos.

Estava tudo certo com a pena de aluguel? Sim. Ganhava dinheiro suficiente para pagar contas, viajar e, eventualmente, até poupar. Mas nada estava certo com a pessoa que segurava a pena de aluguel. A recorrente inquietação, o íntimo desconforto, a ideia da inadequação, tão presentes na velha infância e adolescência, nunca deixaram de tocar no meu ombro e pedir companhia.

Então, numa noite de fevereiro, recebi um telefonema de uma amiga jornalista. A consequência da nossa conversa iria virar mais uma vez a proa do meu barquinho. A amiga contou: torci o braço, recebi uma encomenda de oito reportagens acerca do mês da mulher para um portal na internet, não vou conseguir fazer, indiquei seu nome, você encara? Desliguei o telefone e passei o resto do dia ruminando: internet? Como seria escrever em um portal eletrônico?

Meu coração gutenberg bateu ligeiro. O braço torcido da minha amiga abria a oportunidade para mais uma virada, mais uma das tantas que havia feito na vida, mas essa seria uma mudança radical na rota do barquinho. Talvez uma troca de oceano. É claro que não sabia disso naquele momento. Ou será que eu sabia, mas não era capaz de enxergar?

mudou o mundo

Minha relação com a internet começou em 1994, nos meus 39 anos. Com a boca aberta de surpresa, fiz minha primeira conexão discada. Olhei para a página buscadora na minha frente e pensei: eita, meu mundo irá mudar. Não sabia ainda como ele mudaria, mas sabia que mudaria. Daí criei, com a ajuda de um amigo inteligente, meu endereço eletrônico e passei a considerar o e-mail a revolução das revoluções. Tentei convencer papai a criar um @.com.br: tudo em minúscula, hein? Ele achou muito estranho. Falei com mamãe, ela fez cara de paisagem.

Poucos anos antes, havia mostrado um aparelho de fax para minha avó materna que saiu com o seguinte: não quero nem entender. Quando me recordo da resposta de vovó, penso: será que um dia também direi para um robô sapiens, não quero conversar com você nem quero compreender sua existência. Talvez seja natural que, na velhice da velhice, a gente só queira sentir o vento batendo no rosto, sem se engajar com nenhuma novidade.

No comecinho da internet, ninguém falava muito em digital. Tudo era internet. Tudo também era computador. Não havia banda larga, celulares, redes sociais, WhatsApp e todas as coisas que hoje soam tão naturais quanto os limões e as batatas. Mas no começo da jornada digital não eram. Por volta do ano 2000, passada a histeria do bug do milênio, big fakenews alardeando que dados seriam apagados, valores sumiriam das contas, aviões com sistemas de navegação confundidos cairiam, a web deu uma guinada. Surgiu a possibilidade de produzir blogs de forma bastante amigável.

A maior parte dos blogs funcionava como diários, ou mesmo cadernetas de trabalho. Eu criei o meu com parágrafos acerca da escrita. Refletia e redigia o post. Sentia uma aragem de inspiração e escrevia outro. No fundo, fazia uma espécie de rascunhos no guardanapo, só que digital. A divulgação do blog era via e-mail. Ainda não existiam as redes sociais. Ninguém, salvo os futuristas, falava em conexões, audiência, marketing digital.

Depois de um ano, deletei o blog. Puft! Desapareceu. Parti para um segundo, depois mandei ver em um terceiro. A verdade é que começava, avançava e deletava. Sentia falta de interação, que você pode entender como ausência de leitores ou presença de poucos leitores. Não ser lida ou não ser suficientemente lida é a minha maior dor de escritora. Dor é algo que a gente respeita, né? O primeiro livro não publicado e o segundo pouco vendido eram dois dentes doendo. Eu aplicava remedinhos na gengiva. O alívio durava pouco tempo. Aí a dor voltava.

Perguntava: por que, diabos, não tenho leitores? Ou sou uma escritora muito média e sem sabor ou os leitores ainda não me localizaram no GPS das letras. Verdade que os amigos sempre me estimularam. Diziam: você escreve muito bem, adoro seus textos, não pare de escrever etc. Mas amigo deixa uma pulga atrás da orelha: está elogiando por que gosta da escrita ou por que gosta de mim? Alguns chegavam a inquirir: e aí, quando sai o livro? Eu pensava, nossa, já publiquei dois e não rolou nada. O que era rolar para mim? O sucesso, o reconhecimento, o dinheiro, a glória? Hum, acho que era tudo isso. Mas principalmente rolar significava ter leitores. De preferência, uma multidão deles.

No ano em que estreei no portal de largo alcance, não havia veteranos na escrita digital. Isso me animava bastante, pois eu poderia experimentar sem a tradição enfiando dentes afiados na minha nuca. Muito diferente do jornalismo, no qual você redige uma matéria, reportagem, perfil e tem um grupo enorme de jornalistas que já fizeram com excelência tudo o que você está tentando fazer. Idem para os roteiros, quanta gente boa antes de você, por exemplo, Marguerite Duras com seu impagável *Hiroshima meu amor*. Literatura então? Impossível!

Tempos antes, tendo minha biblioteca vasta atrás da minha mesa de trabalho, senti Clarice Lispector me censurando, Machado de Assis dando uma paulada na minha cabeça, Fernando Pessoa rindo de jeito jocoso, Virginia Woolf apontando o dedo para a minha cara, Juan Rulfo me ignorando, Carlos Drummond sussurrando: pobrezinha! Se eu comentasse esse pesadelo com mamãe, ela teria dito: mas você é muito complexada. Ao reler o que acabei de escrever, medito que talvez eu tenha problemas de relacionamento com a tradição. Ou quem sabe minha mãe tinha razão e eu sofra de um baita complexo de inferioridade ou será uma baita vaidade intelectual? A verificar.

Escrever para uma mídia nova, com leitores novos, numa nova lógica é uma esteira de liberdade, eu pensava. Depois de fazer as matérias do Mês da Mulher, o editor do Portal Digital me encomendou algumas matérias especiais, que escrevi com esmero e gosto. Estava perdidamente apaixonada por essa mídia. Então veio a grande oportunidade, o mesmo editor me contratou para entregar duas crônicas semanais acerca de cultura e comportamento. Duas palavras, cultura e comportamento, nas quais o mundo cabe inteiro. Ele me ofereceu uma coluna fixa.

Recordo ter perguntado: quantos caracteres terá a crônica. Ele respondeu: na internet isso não importa muito. Babei! O editor pôs uma condição, eu precisava entregar também as ilustrações. Mais uma vez, fui salva por uma amiga. Ela era talentosa nas imagens e topou entrar na empreitada comigo. A realidade de escrever com total liberdade e ser paga por isso me levou às nuvens. Avisei para todo mundo: agora a pena de aluguel vai virar pena digital. Colegas da velha guarda do texto torceram o nariz, não entenderam direito e nem de cara.

Então eu explicava e explicava: estamos em um mundo novo, ninguém quer ler papel, todo mundo está migrando para a internet. Virei uma espécie de pregadora digital e creio que devo ter enchido o saco de interlocutores. Por sinal, em uma festa, uma amiga perguntou: o que você faz mesmo na internet? Comecei a resposta com o maior entusiasmo e riqueza de detalhes, de repente, a amiga virou as costas anunciando: vou dormir.

Reconheço, devo ter me tornado um tanto proselitista. A chatinha das festas. Chatinha ou não, eu fiquei muito feliz quando os leitores deram as caras em profusão. Postava a crônica e na meia hora seguinte os comentários vinham em cascata. Meu Deus, como pode isso? Podia. Uma mostra gigante da diversidade de opiniões. E também de horizontalização, ao escrever comentários o leitor era também autor. Quero dizer, coautor.

Os leitores digitais escreviam declarações de amor: adoro seus textos, você me inspira. E também declarações de ódio: essa mulher parece que fumou um, você é petista, você é sapatão. Eu me divertia com todos os comentários, porque eram interações de leitores reais. Ter muitos leitores causou um efeito bacana em mim. Resolveu uma enorme dúvida. Constatei que eu não escrevia para ser admirada, reverenciada.

Nada desse folclore de escritores "Escrevo porque quero ser amado". Meu prazer era ter gente lendo minhas crônicas; tanto fazia se os comentários vinham em carícias ou em agressões. Estavam me lendo e isso era o impagável, o inenarrável, o esplendoroso. Dizendo de maneira mais zen: ser lida era a flecha acertando o alvo.

Em todos os meus anos de pena de aluguel para publicações tradicionais – leia impressas – raramente tive a oportunidade de saber se o meu texto havia tocado ou não os leitores. A publicação morria na mão do cliente. É claro que, muitas vezes, eu perguntava: e aí, teve algum retorno, o trabalho funcionou? As respostas, em geral, vinham vagas. Tipo: ah, parece que está indo bem. Às vezes eu chegava a desconfiar que as tais publicações pouco circulavam. Porque o correio é caro, porque na origem o projeto não orçou o custo da distribuição. Era o gatilho para o trágico pensamento: pesquisei, entrevistei, escrevi, editei, revisei para nada, ou seja, para zero leitores.

Não há nada mais decepcionante do que escrever para gavetas. Teve uma gota d'água, o dia em que vi num armário de uma ONG, esquecidos, pacotes e pacotes de uma publicação que havia me custado neurônios danados. Havia me custado não estar no hospital, no dia que papai pôs um marca-passo. Então, ao ver os pacotes fechados e imóveis, eu martelava: qual o sentido? Qual o sentido? Pois, redatores querem, antes de tudo, públicos! Sem eles a mágica da comunicação não ocorre. Isso me matava.

Agora, na mídia digital, problema resolvido. As pessoas liam e interagiam prontamente. Eu seguia com o hábito e a disciplina de mostrar as crônicas para os meus pais. Tinha que imprimi-las, pois eles não tinham nem habilidade e nem vontade de ler nada na tela do computador. Mas gente da minha geração também enumerava objeções: gosto do cheiro do papel, detesto o brilho da tela, a maior parte dos comentários é idiota, não dá para grifar, não dá para anotar. Era uma grande droga, enfim.

Eu ficava perplexa, pois, pondo tudo na balança, via muito mais ganhos do que perdas. Eu tinha um sentimento do inexorável, reparava que os leitores de jornais e revistas minguavam ano a ano, reparava que as livrarias se tornavam lugares para tomar café, exibir-se, fofocar, fazer onda e, eventualmente, comprar um livro. Não doía em mim? Eita, como doía. A diferença é que não me lamuriava. Não chorava em cima do leite derramado. Havia decidido seguir em frente, adaptando-me ao novo mundo.

O trenzinho que eu sabia que era seguia nos trilhos. Por quase três anos, entreguei duas crônicas semanais sem nenhuma falha. Aguentei o rojão no momento duríssimo em que meus pais adoeceram seriamente. Com lágrimas ou sem lágrimas, eu entregava pontualmente o meu trabalho. Entregar pontualmente textos encomendados foi uma marca que construí para mim. Quase uma questão de honra.

Lembrando mais uma vez Machado de Assis: "tudo acaba, leitor", o Portal Digital interrompeu minha coluna. Foi comovente a ligação que eu recebi: olha, infelizmente, o projeto será descontinuado. Gostamos muito do seu trabalho, do seu comprometimento, da sua pontualidade. Estamos batalhando para encontrar um novo patrocinador para a coluna. Se isso ocorrer, chamaremos você. Foi isso. Desliguei o telefone com a certeza de que essa história estava terminada, de que não haveria novo patrocinador. E não houve.

Eu me sentia realmente agradecida. Com esse trabalho no Portal Digital, eu havia consolidado o prazer e a facilidade de escrever crônicas. A cada terça e quinta-feira, eu me sentava em frente à tela, esperava um tiquinho, vinha um assunto, ou mesmo apenas um título. Era o suficiente para meus dedinhos baterem nos caracteres do teclado e a crônica aparecia sem esforço, sem penar. Havia algo mágico aí. Algo viciante também. Nunca duvidava que a crônica sairia comunicativa e redonda.

O editor do portal aceitava as crônicas sem reparos, sem nenhuma objeção. Adivinha? Eu adorava isso.

Trocando em miúdos: escrever para uma publicação digital foi uma escola. Eu e meus leitores fomos bons alunos. Mas sem coluna de crônicas semanais entrei num vácuo, num tubo liso onde eu escorregava, escorregava sem chegar a lugar nenhum. Passei a perguntar: para quê? Para quem? Meu ofício de pena de aluguel estava encerrado, a gostosa brincadeira de cronista digital também.

Então, que tal um livro de contos? Bastaria acessar a pasta Literatura no meu desktop. Havia centenas de sinopses, contos finalizados e também textos iniciados e nunca concluídos. Mas não me animava, não me entusiasmava. Até que um dia, dando carona para minha companheira que faria uma viagem além-mar, brilhou uma ideia que me encheu de esperança.

Que tal reunir boa parte dos meus escritos em um site? Ser editora, distribuidora dos próprios textos? Não seria essa a novidade da internet, eliminar intermediários, fazer uma conexão direta com leitores? Mordi essa decisão com igual prazer com que degusto uma picanha "um ponto para baixo". Minha querida companheira pegando as malas no carro disse: mergulha fundo.

Em seis meses, tinha o site pronto. Centenas de antigos textos editados e um furor em distribuir os links dos posts nas minhas redes sociais. O trabalho era intenso, muitos textos precisaram ser digitalizados, pois só existiam na versão impressa. Outros necessitavam de uma introdução para esclarecer quando foram feitos e de onde vinham. Repostei várias crônicas que escrevi para o Portal Digital e fiquei para lá de feliz com a recepção calorosa, notadamente no Facebook, que elas tiveram. Ganhei um público, 90% feminino, que começou a conversar comigo, comentar as crônicas, elogiar o site. Algumas dessas leitoras se tornaram verdadeiras amigas, mesmo sem nunca termos nos encontrado na versão carne e osso.

Entre essas amigas virtuais, lembro particularmente de uma querida. Ela comentava todas as minhas crônicas. Dava palpites, punha energia carinhosa nos comentários. Combinamos um cafezinho no centro da cidade sem mar, desabou um temporal e o cafezinho não ocorreu. Passado um tempo, refiz o convite. Ela respondeu que não daria, pois havia descoberto que estava muito doente, com um câncer. Puxa! De vez em quando, perguntava como ela estava. Suas respostas eram otimistas.

Ela estava guerreando contra a doença e, mesmo assim, seguia acompanhando minhas postagens. Num final de tarde, li no seu perfil uma mensagem do filho lamentando a morte da mãe. Senti forte. Compreendi a energia da amizade remota. Lamentei o temporal que caíra no dia do nosso cafezinho. A morte dessa amiga mudou minha relação com o Facebook. Sem ela, a rede social tornou-se, ao menos por um tempo, mais impessoal.

Também veio o clarão, mostrando que agora o mundo do meu interesse seria totalmente digital. Passei a trabalhar o site como ourives esmerando-se em separar latão, ouro, diamante. Eu acreditava que alguém, um outro portal, parceiros quem sabe, vendo meu trabalho, poderiam me contratar para escrever. Pagar para que escrevesse do jeito que eu quisesse, acerca do que eu quisesse.

Hoje dou risada dessa ilusão. Escrita não é batata para alguém comprar. As pessoas compram batatas porque precisam comer, vão na feira apertam e escolhem as melhores, elas pagam por isso sem pestanejar. Mas pagar por textos literários na internet? Ninguém faz essa maluquice. Leitores na internet querem tudo de graça. A hora que decidem pagar por palavras vão em uma livraria, ou compram um e-book. Hoje sei de tudo isso, mas tive que apanhar muito para compreender. O fato é que segui dando socos em pontas de facas.

orfandade

Meu pai era a minha montanha. Quando ele morreu, olhei pela janela e vi que a montanha tinha sido engolida pelo chão. Seis anos depois foi a vez de mamãe que, além de um estrondoso amor, era a minha lagoa. Olhei pela janela e vi que a lagoa havia secado. Fiquei apenas com a janela, sem montanha, sem lagoa. Chovendo dentro de mim.

Então iniciei a travessia pelo deserto. Desde o primeiro passo, eu sabia que teria que percorrê-lo inteiramente até encontrar a saída. O jeito que pratiquei para transpassar a jornada da orfandade total foi mergulhar sem colete salva-vidas no trabalho. Eu já era uma workaholic, mas com o luto virei uma workaholic obsessiva. Não suportava intervalos, tempos ociosos, nada que me conectasse à dor dessas ausências.

Dois anos antes da morte da minha mãe, eu havia iniciado um projeto para ensinar Escrita Digital. Depois que mamãe se foi, esse projeto se expandiu e explodiu todas as horas do meu dia. A ideia central era fomentar o desejo de quem queria escrever, mas não escrevia. Havia um histórico, no universo analógico algumas pessoas chegavam em mim para perguntar: como eu faço pra escrever? Quais as principais dicas? Qual mapa pode me tirar das garras da inação para os braços da expressão? São perguntas difíceis, mas teimei que eu tinha respostas.

Quis me transformar em mestra. Mas só existe mestre se existirem discípulos. Corri atrás deles. Onde? Na internet. Na rede mundial que, no começo, interligou computadores e agora interliga pessoas, as com propósitos e as sem propósitos também. Meu interesse era alcançar escribas hesitantes, gente que deseja escrever. Mas por motivos ocultos, ou mesmo evidentes, não escreve. Eu me pensava aquela que dá o empurrãozinho na pessoa à borda da piscina. Mais ou menos assim.

Para pôr o projeto no ar, criei um blog específico, canal no YouTube, podcast no Spotify. Além da presença no Face, entrei rasgando no Twitter, LinkedIn, Instagram. Postava conteúdos diários com dicas de gramática, de estilos de texto, de distribuição nas redes, de conquista de autoridade digital. Defendia uma tese: a escrita no digital é diferente da escrita no papel. Ela é mais curta, mais simples e muito volátil.

Revisitei o Marshall Mcluhan, arauto da Escola de Toronto, "O meio é a mensagem". "Mudou a mídia, mudou a sociedade". Descobri o Pierre Lévy — aquele que falou verdades do digital antes de todo mundo. Com a ajuda inestimável de um ótimo professor, entrei em uma escola no WhatsApp para aprofundar o macroambiente digital. Eu queria convencer, convencer, convencer.

Dormia pensando, acordava postando. Até no meu sono ruim, o frenesi digital entrou: sonhava que o Google havia criado uma sala secreta para dar instruções também secretas para produtores digitais aplicados e merecedores como eu. Acordava em dúvida: isso foi real? Existe tal sala secreta? Ou será que é golpe, sequestraram os meus canais?

Cheguei a procurar rastros nos meus aplicativos. Nada. O sonho se tornou recorrente e também ameaçador. O Google falava comigo, dizia que de forma alguma eu deveria tornar público o que conversávamos naquela sala. Um instinto de sanidade me soprava que isso não era nada bom. No entanto deixava para lá e voltava para a rede. Isto é, retornava para o meu jardim digital.

Nos meus textos, seja nos blogs, nas redes sociais, nos vídeos, nos podcasts, nos grupos do WhatsApp, no Telegram, fugi do substantivo literatura e do adjetivo literário, do mesmo jeitinho que o diabo velho foge da cruz. Pois sempre considerei a literatura, seu fazer e sua leitura, uma espécie de confraria com pré-requisitos para frequentá-la. Lugar que você só pode entrar com carteirinha e crachá. O porteiro perguntando: quantos clássicos você já leu? Quantos livros publicou? Não queria mais nada disso.

Também havia voltado a velha mágoa da escritora pouco lida nos impressos. Quem sabe o digital fecharia o livro dessa dor. O conteúdo que eu distribuía com frenesi dizia repetidamente: todo mundo pode escrever. Depois fui refinando: todo mundo, se quiser, pode escrever. Mais nichado ainda: todo mundo, se preparado, pode escrever. Não sei se ainda existe o livro dos recordes, o Guinnes, pois eu poderia me candidatar no quesito: quem mais postou a expressão "escrita digital". Ora, a obsessiva dos caderninhos seguia a obsessiva das telas.

Mas no céu do meu projeto tinha uma nuvem escondendo o sol, quando me perguntavam: o que você faz? Eu não conseguia uma resposta simples, eu tergiversava. Enfiava um varal de han, hun, han balbuciantes. Meus neurônios rateavam. O avião taxiava, mas não subia. Sabia que não queria me tornar professora de português, especialista em crases e vírgulas, instrutora de marketing digital, facilitadora de comunicação nas redes socias. Não queria me tornar a tia do Enem.

Não queria, de forma alguma, trabalhar a escrita como terapia, a escrita como expiação de eus atormentados. Mas então o quê? Não tinha certeza, mas fazia, fazia, fazia. As pessoas insistiam em perguntar acerca de verbos difíceis, concordância, regência. Outras perguntavam se eu revisava textos. Outras me convidavam para ser a escritora fantasma de seus livros. Uma zona!

Atiradora no escuro, disparava conteúdos para testar. Acompanhava as métricas! Tentava desvendar os algoritmos. Estava sempre ligada em qual a próxima novidade, a próxima onda, a próxima tendência. Para mim, não havia vida sobrevivente fora do digital. Se alguém atacasse a internet, batesse nas redes sociais, duvidasse desse gigantesco progresso tecnológico e midiático, eu virava uma fera esfomeada pronta para morder a jugular do meu interlocutor.

Fui criando um nós e eles. Nós erámos o povo digital, empreendedor e antenado. Eles, o povo do analógico, os tradicionais e saudosistas. O digital era a parteira; o analógico, o coveiro. Fui malcriada quando um amigo pedia que eu escrevesse um prefácio ou orelha para um livro a ser lançado. Eu perguntava: seu livro será digital ou impresso? Se a resposta fosse impresso, eu agradecia com um não. Mudei minhas leituras: nada de romances, contos, crônicas, poesias. Declarei guerra aos escritos de ficção.

Só queria saber de vida de textos nas redes sociais, o que era algo espantoso na minha longa vida de leitora. Minha companheira estranhava: eita, você não lê mais romances! Eu retrucava com humor mau: pra quê? Vivi 50 anos lendo livros de ficção. Agora quero uma leitura pragmática, funcional, profissional. Hoje penso que falava isso da boca para fora, por dentro doía.

Vinha a imagem da minha mãe comprando *Madame Bovary* que inauguraria a minha vasta biblioteca. Vinha a imagem do sacrifício dela. Com a revolta declarada aos livros de ficção eu desejava moer o meu passado? Que vontade era essa de negar, negar, negar? Negar a mim mesma? Negar minha própria história? Eu queria criar uma personagem sem raízes, sem dentes. Uma escritora sem escrita. Uma ex-escritora, agora professora de textos digitais, sob medida, para postar nas redes sociais e nos blogs.

Daí passei a consumir livros encorajadores: faça a coisa certa; não tenha medo de errar; erre rápido para acertar logo; roube como um artista; navegue pelo oceano azul; método ágil; marketing de guerrilha; os bons hábitos de sucesso; os 7 passos para os 7 dígitos; mudança de mentalidade; você é uma startup enxuta; histórias de fundei a maior empresa de computadores do mundo; o maior marketplace; a revolução do uber; a revolução do Airbnb; o tesla; inteligências artificiais; o design thinking, a usabilidade; marcas digitais; storytelling; fundo do poço; topo da montanha; como sair do zero para o mil; não me faça pensar; empreender é foda; o poder da personalidade forte; o poder da simplicidade; o poder do agora; o poder do propósito; o poder da influência; o poder digital; o poder do poder; o universo é seu só você não viu; você quer fabricar um xarope ou mudar o mundo?

Enchi prateleiras com toda essa positividade. Só com gente que deu certo, gente que empreendeu, gente que chegou lá. Os remanescentes literários, enfurnei todos dentro do armário. Todas essas novidades compradas na Amazon, é claro. Livrarias pra quê? Uma amiga de outro país veio me visitar, arregalou os olhos ao ver minha nova biblioteca. Ela não verbalizou, mas sei que pensou: o que aconteceu com você? Eu não verbalizei, mas pensei: me atualizei, saí da naftalina analógica para o elixir digital. Ao menos eu acreditava nisso.

Nos cinco anos de duração do projeto Escrita Digital, houve momentos maravilhosos. Encontros que renderam conexões valorosas e amizades fortes. Dei cursos de escrita, sempre pelo Zoom, onde troquei com mulheres de origens no analógico, dispostas a aprender o que desse comigo e, principalmente, pôr a escrita delas para rodar. E a maioria fez isso!

Também contei com a boa vontade de amigos que se dispuseram a serem entrevistados por mim para o YouTube e o podcast. Eu me esforçava para fazer uma conexão de domínios. O que uma ceramista pode ensinar a um escritor digital. Quais os elementos de ligação e inspiração entre escritores digitais e artistas plásticos, musicistas, radialistas, engenheiros, ativistas sociais, jornalistas. Essa era a pergunta, cujas respostas ora funcionaram, ora não funcionaram.

Tive bons parceiros de trabalho. Eles foram fundamentais para redesenhar, algumas vezes, o site do projeto, para diagramar e-books, tentar estratégias e até gravar um curso de Escrita Digital. Aliás, agradeço particularmente a uma amiga, diretora de vídeo, que me ajudou a criar o canal do projeto no YouTube. Ela acreditou na proposta desde o início. Se esforçou para que eu penteasse os cabelos e ficasse melhor apresentável, mas isso, creio, ela não conseguiu.

Aprendi muitíssimo com vários mentores. Uma especialista em marcas pôs ordem na bagunça inicial; um especialista em infoprodutos me ajudou a vender e-books; outro especialista em vendas puxou minha orelha repetidas vezes. Também dei saltos de qualidade aprendendo com alunas dispostas a escrever no digital, dispostas a melhorar e experimentar suas expressões. Salve, alunas queridas!

A meu favor, digo que me esforcei ao máximo e até entendi. Até apliquei, mas sem consistência. Briguei com os métodos, com as planilhas, com as engessadas copys. Pois eu não havia perdido meu ódio ao pré-fabricado, ao cafezinho requentado, à cópia descarada. Por fim, embarquei em treinamentos de marketing digital com feras do mercado. Tudo muito lindo, muito lógico, mas sem resultados. Meus conteúdos foram se tornando frios, tristes, sem graça e sem alma. Sabe por quê? Eu havia parado de me divertir.

Lembro do *Morte em Veneza*, do Luchino Visconti. O filme tem o roteiro adaptado do livro do Thomas Mann. Ele conta a história de um homem que se encanta por um belo garoto, quinhentos anos mais novo do que ele. Esse homem morre na praia do Lido com a maquiagem, que aplicou no rosto para parecer mais jovem, se desfazendo sob lágrimas e sol. A morte da personagem acontece com a gente ouvindo movimentos da "Quinta Sinfonia" do Gustav Mahler. É uma cena violenta e sublime ao mesmo tempo.

Eu tive a minha "morte em veneza", no ano passado, ao participar de um megaevento de produtores e produtos digitais. O público presente formava uma horda de juventude. Alguns não continham a curiosidade: mas o que a senhora está fazendo aqui? Eu falava do projeto de Escrita Digital, eles retrucavam: então a senhora ensina português... Eu dizia: não, eu ensino escrita digital. Ouvia deles: então a senhora ensina a fazer copy. Eu voltava a repetir: não é português, não é copy. Silêncio. Seja como for, eu estava excitada com a movimentação e o entusiasmo das garotas e garotos.

Mas, à noite, no quarto do hotel chinfrim, batia uma aflição incomodada, um fora do lugar. A grande imagem veio no segundo dia do megaevento, em que uma menina com idade de neta, olhou para mim e disse: tem um lugar na plateia reservado para a senhora, por favor. Aí ela me pegou pelo braço delicadamente e me levou até a primeira fileira. Eu me sentei ao lado de dois velhinhos e duas grávidas. Era esse o meu lugar.

Ao voltar do evento, tentei uma estratégia, assumi que eu era mesmo uma senhora falando de escrita digital para jovens na internet. Criei até uma personagem "a velhinha digital". Fiz vários stories no Instagram com a velhinha usando uma boina vermelha que havia sido do meu pai, o vermelho por dentro e por fora. Chamava a audiência para lives, nas quais eu pregava o terço da escrita nos ambientes digitais. Adivinha? Foi uma bobagem, não deu liga, porque eu não tenho a linguagem dos jovens. A minha linguagem e a minha história têm a minha idade.

Há vários sentimentos ruins. O de empacar é um dos piores. No final de 2022, órfã de pai e mãe, sobrevivente da Covid-19, eu constatei que minhas métricas no digital estacionaram. Meu público não crescia. É claro que havia conquistado uma turma que me acompanhava, mas não atraía ninguém novo. De acordo com meu padrão de comportamento, eu insistira e insistiria. Tipo água na pedra dura.

Mas aí ocorreu algo precioso e por acaso. Encontrei uma mentora que falava de assuntos diferentes para mim. Falava de biologia, neurociência, mindfulness, atenção e foco. Ela repetia: fique presente no seu corpo, sinta tudo no seu corpo e aí você vai ter clareza e encontrar o que precisa fazer.

Entrei num programa dela e, no primeiro dia, respondi um questionário. Uma das perguntas era: o que você imagina estar fazendo daqui a dez anos? Imediatamente respondi: 1 morar numa casinha na praia. 2 cozinhar minha própria comida. 3 escrever o tempo todo. Aí se passaram alguns dias até um momento-chave em que indaguei a mim mesma: por que você vai esperar uma década para rodar o seu desejo? Seja realista, você não tem mais todo o tempo mundo para errar tanto.

Iniciei pausando o projeto de Escrita Digital. Não doeu. Não ruminei, não me chibatei. Pausei com minha consciência no grau máximo. O máximo da presença. Não disse o rancoroso "chega!", não patinei em dúvidas. Apenas apertei o botão da pausa. Então, aquela que sonhou ser mestra, pôs as sandalinhas da discípula de si mesma e pegou o caminho.

Aquela que lutou para convencer outras pessoas a escrever, pôs os dedinhos no teclado e voltou ela mesma a escrever. E escreveu essa história que você está lendo neste momento. A história de uma escriba errante que tem seu começo ao ouvir o pai lendo *Aladim e a lâmpada mágica* e que, na sua já longa vida, colecionou tantos pontos de despedida quanto pontos de virada. Um fenômeno!

Pausado há alguns meses, quase ninguém pergunta pelo projeto de Escrita Digital. Puxa! Parece que eu cheguei em uma festa, bebi, ri, conversei com muita gente por cinco anos. Aí fui embora e quase ninguém notou pela minha ausência. Deve ter alguma lição embutida aí. Mas, quer saber, não vou escavá-la, não vou procurar respostas. Porque já é passado. Passado não dá para modificar. O presente sou eu aqui escrevendo. O presente sou eu aqui vivendo. Um brinde a você, querida leitora, querido leitor.

Ah, a casinha na praia? Vai esperar um pouquinho mais. Tenho muito o que escrever ainda na cidade sem mar. Cozinhar a própria comida? Estou no processo. Por enquanto, sem muito progresso. Outro dia, coloquei torradas no forno, saíram carbonizadas. Preciso melhorar. Não brinco em serviço.

≈ FIM ≈

FONTE Adobe Garamond Pro
PAPEL Polen Natural 80 g/m²
IMPRESSÃO Paym